罪な後悔

愁堂れな

RB
幻冬舎ルチル文庫

CONTENTS ✦目次✦

罪な後悔

✦カバーデザイン＝小菅ひとみ（CoCo.Design）
✦ブックデザイン＝まるか工房

イラスト・陸裕千景子✦

罪な後悔

プロローグ

　いつの頃からか、親の――父親の敷いたレールの上を歩いていくことに、苦痛を覚えるようになった。

　父は世間の人の尊敬を集めており、地位もあれば財産もあった。俺から見ても父は人生の成功者だ。だから、なのか。父は自分がよかれと思っていることが、誤っているわけがないと思い込んでいたようだ。

　父の判断は、おそらく、世間的にも誤ってはいなかったのだろう。父の言うことが正しければ正しいだけ、俺はなんだか追い詰められているような気がしてしまい、決められたレールの先へと進むことを躊躇《ためら》った。

　父を尊敬していなかったわけじゃない。だが、なぜか父といると酷《ひど》く息が詰まった。

　出来が悪い上に、反発ばかりしている俺に、父は次第に話しかけなくなり、そのうちには視線を向けられることもなくなった。

　そのことを寂しいと思ったことは、ない――と思う。

　過分な期待を跳ね飛ばした解放感を得た自覚はあった。自分が見切るより前に父に見捨てられたのだということに対する落ち込みも寂しさも、感じた覚えはまるでない。

これでもう俺は、自由に自分の人生を歩み始めることができる。その喜びが俺の全身を駆け巡っていた——はずなのに、なぜかそのとき俺の胸には、やたらとほろ苦い思いがあった。

なぜそんな気持ちになったのかは、十年経《た》った今でもはっきりと、こう、と答えることはできないのだけれど——。

1

「田宮《たみや》さん、『ご休憩』できるみたい。せっかくだからちょっと休んでいきません？」

田宮の横を歩いていた富岡《とみおか》が、不意に田宮の肩を抱いてきたかと思うと、いきなり目の前にあった『ご休憩』場所――早い話がラブホテルに強引に連れ込もうとした。

「馬鹿じゃないか」

乱暴にその手を振り払い、田宮がじろ、と富岡を睨《にら》む。

二人は同じ会社の先輩後輩で――ビジュアルは田宮が新入社員並みに若く見えるため、富岡が先輩に見えるが、実際は三十歳の田宮が今年入社八年目の主任、富岡は院卒四年目の二十八歳、年次でいえば田宮のほうが四年も先輩になる。

道行く人が振り返って見ずにはいられないほどに、姿のいい二人である。因《ちな》みにバックラウンドも二人してよく、勤務先は一流といわれる一部上場企業、富岡は慶応大学院卒、田宮は早稲田大学卒、加えて二人とも今のところ特定の『彼女』はいない。

どこからどう見てもモテそうな二人に『彼女』がいないのにはそれぞれに理由があり、その理由とは、田宮には『彼女』ではなく同棲中の『彼氏』がいるため、そして富岡はそんな田宮に対し絶賛片思い中のため、なのだった。

「あ、やだなあ。別に僕だってエッチなこと考えてるわけじゃないですよ。エンドユーザーにも足を運ぶ。商社マンとして当然の心構えだと思うんです」

大真面目《おおまじめ》な顔で主張する富岡に、田宮は一瞬頷《うなず》きそうになったものの、すぐにはっと我に返ると、

「だから、さあ、入ってみましょうよう」

とまたも強引に肩を抱きにきた富岡の手を払い落とした。

「別にこのホテルにエアコン納入したわけじゃないだろ」

「今後、納入できるかもしれないじゃないですか」

「今後のためになんで俺がお前とホテル入らなきゃならないんだよ」

二人が声高に言い争っているのは、歌舞伎町《かぶきちょう》の裏手、新宿のホテル街だった。時刻はまだ八時前ゆえ通行人はさほど多くはないが、カップル達が何ごとかというようにちらちらと二人を見ては通り過ぎていく。

「もう、帰るぞ」

通行人たちの視線に耐えかねたこともあり、また自分たちがラブホテルの営業妨害になっては申し訳ないという思いもあり、田宮がしつこく伸びてくる富岡の手を払いのけ、早足で歩きだそうとしたそのとき、

「うわっ」

「痛っ」

物凄《ものすご》い勢いで路地を曲がってきた男と正面衝突してしまい、尻餅《しりもち》をついたと同時に手に持っていた鞄《かばん》が路上に落ち、中身が散らばった。

「大丈夫ですか、田宮さん」

背後から富岡が慌てた様子で駆け寄ってくる。

「すみません」

田宮にぶつかった男がその場に跪《ひざまず》き、田宮の鞄の中身を拾い始めた。

「あ、大丈夫です」

田宮もまた慌てて身体《からだ》を起こすと、自分でも拾おうとしたのだが、そのときには既に男が、散らばった中身を鞄に収め終えていた。

「すみませんでした」

鞄を差し出してきた男に田宮は礼を言おうとし、初めて相手がどこからどう見てもチンピラの風体《ふうてい》をしていることにぎょっとし口を開くのが遅れた。と、そのときに携帯電話の着メロが鳴り響いたかと思うと、男が趣味の悪い白っぽい色のスーツの内ポケットに手を突っ込み、携帯電話を取り出した。

「もしもし？　エリカァ？　今、どこだ？」

そのまま男は立ち上がり、足早に立ち去っていく。唖然《あぜん》として後ろ姿を見送っていた田宮は富岡に「大丈夫ですか」と問いかけられ、はっと我に返った。

「ああ、大丈夫」

「見た目の割には礼儀正しい奴でしたねえ」

富岡も田宮と同じ感想を抱いたようで、そう言いながら男の後ろ姿を見やったのだが、そのとき男が曲がってきた路地からわらわらと数名の、やはりチンピラにしか見えない男たちが駆け出してきたのには田宮と共にぎょっとし目を見開いた。

「おう、兄ちゃん」

チンピラの中でもリーダー格と思《おぼ》しき男が、凄みを利かせ田宮と富岡に声をかける。

「行きましょう、田宮さん」

関わり合いになってはいけない、と富岡は田宮の腕を取り歩きだそうとしたのだが、二人の前にチンピラたちが立ちはだかり行く手を塞いだ。

「なんなんです？　警察を呼びますよ」

富岡がいかにも不快そうに眉を顰《ひそ》め、目の前のチンピラを睨む。

「おい、富岡」

田宮が心配して声をかけたのは、富岡の口調にこの状況に臆《おく》している雰囲気が微塵《みじん》にも感じられなかったためだった。

自称他称、運動神経も抜群という富岡が、自分の腕力にも相当自信を持っていることは、日頃の態度から田宮にも伝わってきていた。確かに武道の試合であれば、富岡は負け知らずなのかもしれないが、相手はどう見ても『まとも』に武道のルールに則《のっと》った試合をしてくれそうにない連中である。関わり合いになりたくないのは同感だが、相手を挑発するような態度は危険だ、と田宮は判断し、富岡の後ろから先ほど声をかけてきたチンピラに問いかけた。

「なんでしょう？　何か私たちに用でもあるのでしょうか」

「田宮さん」

今度は富岡が驚いて振り返り、田宮の名を呼ぶ。

「はは、こっちの若い子のほうが、話が通じるらしいな」

チンピラは満足そうに笑うと、一歩を富岡と田宮へと踏み出し、『若く』はないのだが、と思っていた田宮に向かい、またもドスを利かせた声で問うてきた。

「さっきここに、白いスーツの男が来ただろう。どっちに行った？」

「白いスーツ？」

問い返しながらも田宮はそれが、先ほど自分がぶつかった相手であることを察していた。どこか急いでいる素振りだったが、彼はこのチンピラたちに追われていたのか、と納得したときには田宮の首は横に振られていた。

「気づきませんでした」

「なんだと？」

「ふざけんなよ、こら」

チンピラたちがいっせいに怒声を張り上げ、二人に摑《つか》みかからんばかりに近づいてくる。

「本当です。彼と会話に夢中で気づきませんでした」

だが田宮は一歩も退《ひ》かず、富岡の腕を摑み、同意を促した。

「ええ、二人でどこのホテルに入るか物色中だったから、気づかなかったなあ」

敏感に田宮の要請に気づいた――はずの富岡が、にやり、と笑い、田宮の肩に腕を回す。

「なんだと？」

リーダー格のチンピラが驚いたように目を見開き、彼の背後ではチンピラたちが「こいつらホモか？」「ゲイのカップルかよ」と囁《ささや》き合っている。

「…………」

お前なあ、と田宮は富岡をこっそり睨んだが、この富岡の機転が吉と出た。

「畜生、時間が惜しい。行くぞ」

リーダー格が舌打ちし、チンピラたちを伴って駆け出していく。チンピラたちは皆、路上に唾《つば》を吐き捨てながらもリーダー格に従い、その場には田宮と富岡のみが残されることとなった。

「なんだったんでしょうね、あれ」

チンピラたちの後ろ姿を目で追っていた田宮は、耳元で富岡に囁かれ、はっとして彼を振り返った。

「白スーツって、さっきの男でしょ？　なんで田宮さん、庇《かば》ったんです？」

「なんでって……別に意味はないんだけど」

肩に回っていた富岡の手を振り払いながら、田宮は自分で自分の行動に首を傾《かし》げた。

白スーツのチンピラには、荷物を拾ってもらったというくらいしか恩義はない。それも向こうからぶつかってきたのだから、拾ってもらって当然――は言い過ぎにしても、恩義を感じる謂《い》われはない。

なのになぜ、あの白いスーツのチンピラを庇ったのだろう、と田宮は改めて白スーツの男の姿を思い浮かべた。

若い男だった。見たところ、二十五、六なのではないかと思われる。今時の若者らしく、無精髭《ぶしょうひげ》の浮いた顔はなかなかに整っていたが、喧嘩《けんか》の傷なんだろうか、目の下にちょっと目立つ傷があった。

おそらく初対面であり、この先も会うことはないだろう男なのに、といつしか一人の思考の世界にこもっていた田宮は、

「まあいいや」

という声と共に、しつこく肩を抱かれ、「なに？」と富岡を見た。

「話はゆっくり、中でしようじゃありませんか」

これ以上ないほどに、やに下がった顔の富岡が、田宮を目の前のホテルへと連れ込もうとする。

「馬鹿じゃないか!!」

田宮は思いっきり富岡の足を踏みつけると、

「いって――!!」

悲鳴を上げて蹲《うずくま》る彼を残し、一人靖国通り目指して駆け出した。

「田宮さーん、待ってくださいよう〜!」

富岡の情けない声を背に、ほとんど駆けるようなスピードで歌舞伎町を突っ切っていく田宮の脳裏に、一瞬、白いスーツの男の顔が蘇《よみがえ》った。

『すみませんでした』

あのチンピラたちに追われていたのだろうに、わざわざ鞄を拾ってくれた彼に好感を抱いたのかもしれない、と田宮は自分の行動に説明をつけると、その男のことも、彼を追いかけていたチンピラたちのことも――ついでにしつこくホテルへと誘ってきた富岡のことも頭の中から追い出した。

今日彼は、担当業務で大きな引き合いを得たばかりであり、その客先からの帰りだった。明日からどうやって受注に向け活動するか、それを考えようと思考を仕事モードへと切り替えると田宮は、帰路につくべく地下鉄の入り口を駆け下りたのだった。

田宮の住居は丸ノ内線の東高円寺駅から徒歩十五分程度のところにある。学生時代から住んでいるアパートは木造の二階建てで、家賃は確かに安いもののセキュリティには激甘で、最近はついているのがデフォルトと言われるオートロックでもない。

その上今、田宮は一歳年上の恋人と同居中なのだが、彼の部屋は1LDKである。二人で住むには狭すぎるゆえ、常に引っ越しを検討しているのだが、田宮も、そして彼の『恋人』も超がつくほどに多忙ゆえ、同居して随分になるというのに未《いま》だに引っ越しの話は実現していない。

田宮にしてみれば、長年住み慣れた場所でもあり、また、男二人で住むには狭いといいつつも、特段不自由を感じているわけではないので、当面このままでもいいか、と思っている。彼にとって『快適な住居』は部屋の広さや、設備、それに交通至便であることではなく、ただ、『恋人』と一緒に暮らせればいいという、その一点に尽きるのだった。

他人が聞いたらただただ「ごちそうさま」としか言いようのないその最愛の恋人は、警視庁捜査一課で警視の役職についている、高梨《たかなし》良平《りょうへい》という男である。

田宮と高梨が出会ったきっかけは、今から二年ほど前、田宮が殺人事件の容疑者になった、その事件を担当したのが高梨、というものだった。皆が田宮を疑う中、高梨だけは田宮を信じ、その高梨の活躍で田宮はかけられていた疑いを晴らすことができた。

事件のあと、高梨は田宮の許可を得ることなく彼のアパートへと転がり込み、それから二人の同居生活が始まった。

何ごとにおいてもオープンな高梨は、職場でも、そして家族に対しても田宮との関係を隠すことなく、それどころかわざわざ『僕の嫁さん』と紹介した。高梨の人柄ゆえか、二人の関係は概《おおむ》ね温かく受け入れられており、高梨の社会的立場に自分の存在が傷になるのでは、と案じていた田宮をほっとさせていた。

田宮のほうでは高梨ほど吹っ切れることができず、社内で高梨の存在を明らかにしてはいない。二人の関係を知っているのは恋敵《こいがたき》の富岡のみであるのだが、おおらかでありながらも繊細な心遣いのできる高梨は、田宮が周囲に二人の関係を隠すことに対し気にする素振りを見せることはない。おかげで田宮は彼に対し、罪悪感を抱かずに済んでいた。

『凶悪事件』と言われる事件が多い昨今、高梨は休日を取ることがままならないほど多忙であり、帰宅も深夜を回ることが多い。警視という役職でありながら高梨は現場を離れたくないと、部下の刑事たちと共に捜査に駆け回っている。本来認められるものではないが、彼の働きで犯罪検挙率が一気に上昇したため、こうも数字に表れているのなら高梨の希望を認めざるを得ない、と上層部も彼の行動を黙認しているのだった。

そんな高梨も、ごく稀《まれ》に早い時間に帰宅することがある。今夜がまさにその『ごく稀』な夜だったようで、アパートに帰り着いた田宮が自分の部屋を見上げると、窓から灯《あか》りが漏れていた。

「あ……」

気づいた途端、田宮の足は外付けの階段を駆け上り始めていた。カンカンというやかましい音を響かせ上り切ると、突き当たりの自分の部屋を目指す。

あとから帰ったほうがドアチャイムを鳴らすのが二人の間の『慣例』であるため、田宮は迷わずドアチャイムを鳴らし室内の様子に耳を澄ませた。

玄関へと向かってくる足音が響き、ドアが開く。

「おかえり」

ドアを開いて出迎えてくれた高梨は、スーツの上着を脱いだだけという格好だった。

「今、帰ったのか?」

問いかける田宮の腕を引いて中へと導き、ドアを閉めたところで高梨が田宮を抱き締める。

「まずは、コレやろ」

言いながら高梨が田宮に覆い被《かぶ》さり、唇を重ねてきた。これも二人の間で『慣例』になっ

ている『お帰りのちゅう』である。

『おかえり』だけでなく、『おはよう』『いただきます』『ごちそうさま』『いってらっしゃい』『おやすみ』と、二人は挨拶《あいさつ》の度にキスを交わすのが日課だった。

「ん……」

普段は唇を重ねる程度の軽いキスなのだが、ときにくちづけが深まりそのまま行為へと発展することもままある。今回がまさに『それ』で、高梨は田宮の唇を塞ぎながら背に回していた手を腰へと滑らせ、小さな尻をぎゅっと摑んできた。

「……やっ……」

田宮が小さく喘《あえ》ぎ、身体をびくっと震わせる。小動物を思わせる可愛げのある仕草に、高梨の欲情は更に煽《あお》られたようで、服越しに田宮の後ろを指で抉《えぐ》りながら、自身の腰をぐっと押しつけてきた。

「……りょうへ……っ……」

高梨の熱い雄の感触を自身の腹に得た田宮の中にも、欲情の焔《ほむら》が立ち上りつつあった。微《かす》かに唇を離して高梨の名を呼び、鞄を持ったままの手で逞《たくま》しい背に縋《すが》り付く。

「……ベッド、いこか」

潤んだ田宮の瞳を見下ろす高梨の目もまた、欲情に潤んでいた。

「……うん……」

こくり、と首を縦に振った途端、田宮は高梨にその場で抱き上げられ、慌てて彼の首にしがみついた。

「良平……っ」

「ああ、靴、脱がな」

しもた、と高梨が笑い、田宮を再び玄関に下ろす。

「本当だよ」

まったく、と言いながらも田宮は高梨から腕を解《ほど》くと、普段の彼からは考えられないような乱雑さで素早く靴を脱ぎ捨て、鞄も脇《わき》へと下ろした。

「ほな」

高梨が再び田宮を抱き上げ室内へと向かう。

「良平、メシは？」

「あとで食べるわ」

「え、でも腹減ってるんじゃ……」

「減ってへん。ごろちゃんを味わってからゆっくり食べるし」

「オヤジ」

「そやし、オヤジやもん」

軽口を叩《たた》き合ううちにベッドへと到着し、高梨が田宮をそっとシーツの上へと落とす。

「もしかしてごろちゃんがお腹空《なかす》いてるんちゃう?」

田宮のネクタイを解きかけながら、高梨が初めて思いついた、という顔になり、慌てた様子で問いかけてきたのに、

「減ってへん」

田宮は首を横に振り、うそくさい関西弁で答えたあと、そうだ、と思い言葉を足した。

「良平を味わってからゆっくり食べるし」

「……オヤジや……」

高梨がぷっと噴き出し、田宮もまた笑う。

「そやし、オヤジやもん」

「真似《まね》せんといてや」

二人して笑い合いながらも高梨の指は器用に田宮のネクタイを解くと手早くシャツのボタンを外し、続いてベルトをも外していった。

途中から田宮も身体を起こし、自分で服を脱ぎ始める。と、高梨もまた起き上がって服を脱ぎ、あっという間に全裸になると同じく全裸でベッドに横たわっていた田宮へと覆い被さっていった。

「ん……」

くちづけを交わしながら、高梨の手が田宮の胸へと向かい、薄桃色の乳首を掌《てのひら》で擦《こす》り上げ

る。びく、と田宮が身体を震わせ、合わせた唇の間から甘い吐息が漏れる。執拗《しつよう》に胸を擦ると田宮は腰を捩《よじ》らせ、高梨の手を押さえようとした。

「……なんで……？」

くす、と笑い高梨が田宮に問いかけたあとに答えを待たず唇を首筋から胸へと滑らせていく。

「あっ……」

片胸の突起をきつく吸い上げながら、掌で擦り上げ、ぷく、と勃《た》ち上がらせたもう片方を指先で摘《つま》み上げる。両方の乳首への愛撫《あいぶ》に田宮の背は仰《の》け反《ぞ》り、彼の雄が急速に形を成していった。

「やっ……あっ……あぁっ……」

高梨が舌で田宮の乳首を舐《な》め上げ、勃ち上がったところを歯で軽く噛《か》む。同時にもう片方の乳首をきゅっと抓《つね》ると、田宮は堪《こら》えきれない声を漏らし、いやいやをするように首を激しく横に振った。

「なに？」

目だけを上げ、問いかけた高梨の顔を田宮が見下ろす。頬が紅潮し、潤んだ大きな瞳を縁取る長い睫《まつげ》がふるふると震えている様は、田宮のいつもの閨《ねや》での癖《くせ》をからかおうとした高梨を絶句させるほどに艶《つや》っぽかった。

「……あ……」

いつしかその顔にぼうっと見惚《みと》れてしまっていた高梨は、田宮が小さく口を開いたのに、はっと我に返った。田宮と高梨、身体の関係ができてから二年余りになるのだが、田宮は未だに恥じらいを捨て去ることができず、殊《こと》に高梨の愛撫で己のみが乱れることに対し、高梨から見ると過剰なほどに恥ずかしがる。もう二年も身体を重ねてきているのだし、いい加減慣れてほしいと高梨はからかおうとしたのだが、その自分が田宮の艶っぽい『表情』に慣れなくてどうする、と彼は自嘲《じちょう》すると、再び田宮の胸に顔を伏せ、彼の乳首を舐《ねぶ》り始めた。

「や……っ……もうっ……りょうへ……い……っ」

コリッと音がするほどの強さで噛み、もう片方に爪をめり込ませる。被虐《ひぎゃく》の気《け》はないようだが、こと胸への愛撫に関しては、田宮は痛いくらいの刺激をより好む、というのもまた、この二年の間に高梨が体得？　した知識だった。淫《みだ》らに腰をくねらせ、甘い声を上げる田宮を前にしては高梨に我慢のできようはずもなく、胸から下肢へと唇を滑らせていくと、まるで贅肉《ぜいにく》のついていない太腿《ふともも》を抱え上げ、露《あら》わにしたそこへと顔を埋《うず》めていった。

「やっ……あっ……あぁっ……」

巧みな口淫を続けながら、既にひくつき始めていた後ろへと指を挿入させる。田宮のそこは熱く熟れ、高梨の指を締め上げて奥へ奥へと誘《いざな》おうとする。その感覚にますます高梨の欲情は煽られ、我慢も限界となった。

「挿入して、ええ？」

田宮自身を口から離し、顔を上げて問いかける。

「……ん……」

おそらく意識が朦朧《もうろう》としているらしい田宮が、高梨の声に反応し、うんうんと何度も首を縦に振る。その様を見て、高梨の理性の糸は完全に途切れた。

「いくで」

もうあかん、とばかりに身体を起こすと、改めて田宮の両脚を抱え上げ、既に勃ちきっていた彼の雄を後孔へとねじ込んでいった。

「あぁっ……」

田宮の背が仰け反り、白い喉《のど》が露わになる。その喉にかぶりつきたくなる衝動を覚えつつも高梨は一気に腰を進めると、田宮の両脚を抱え直し激しく突き上げ始めた。

「あっ……あぁっ……あっ……あっ……あっ」

田宮の身体がシーツの上で身悶《みもだ》え、撓《しな》る。うっすらと汗をかいた全身の肌が天井の灯りを受けて黄金《きん》色に輝き、その美しさに高梨は目を見開いたものの、暴走する欲情を留《とど》めることは最早彼にはできなかった。

「はぁっ……あっ……あっあっあぁっ」

これでもかというほど奥深いところに己の雄を突き立て、田宮の身体を貪《むさぼ》る。深く抉《えぐ》るたびに田宮の身体が捩れ、上がる嬌声《きょうせい》が高くなる。彼の反応がますます高梨を昂《たか》め、突き上げのスピードが加速する。

「あぁっ……もうっ……あっ……あっ……あっ」

達する直前のいつもの田宮の癖なのだが、いやいやというように激しく首を横に振り、両手を高梨へと向かって伸ばしてくる。了解、とばかりに高梨は田宮の片脚を離すと、二人の腹の間で今にも爆発しそうになっていた雄を握り、一気に扱《しご》き上げた。

「アァーッ」

田宮が悲鳴のような声を上げて達し、高梨の手の中に白濁した液を飛ばした。

「……くっ……」

ほぼ同時に高梨も達し、田宮の中に精を注いだあと、息を乱す彼に覆い被さり、触れるような細かいキスを唇に、頬《ほお》に、額に、こめかみにと落としていった。

「……良平……」

ようやく息も整ってきた田宮が愛《いと》しげに高梨の名を呼び、彼の背をぐっと抱き寄せてくる。

「愛してるよ、ごろちゃん」

熱い掌の感触を背中に得る高梨の胸に込み上げてきた、田宮を愛しく思う気持ちが彼の口からぽろりと漏れた。

「……俺も……」

その言葉を聞き、本当に幸せそうに微笑《ほほえ》んだ田宮の顔を見下ろし、ますます愛しさを募らせながら、高梨は田宮の汗に濡《ぬ》れた額に貼り付く髪をかき上げ、数え切れないほどのキスの雨を彼の顔中に降らせ続けた。

2

翌朝、高梨と共に家を出、通勤の丸ノ内線も途中駅までずっと一緒、というもの「ラブラブ通勤」となった田宮は、その高梨と別れたあと、寝不足だ、と生欠伸《なまあくび》を繰り返しつつ、オフィスへと向かった。

「あ、おはようございます」

高梨の出る時間に合わせると、田宮が社に到着するのは、始業の一時間半ほど前の午前八時過ぎとなる。

そこまで早い時間に出社しているのは、田宮の部では富岡くらいで、彼は驚いたように声をかけてきたあと、ああ、と苦笑してみせた。

「もしかして今日は『良平』とご出勤ですか？」

「な……っ」

まさにそのとおりではあるのだが、ずばりと言い当てられたことに絶句した田宮の前で、

「やっぱりね」

富岡は肩を竦《すく》めると、早々に『種明かし』をしてくれた。

「田宮さんが早く来るときって、『良平』と出勤時間を合わせてるときかなと思ってたんですよ。なかなかの洞察力でしょ？」

「……お前なあ……」

そんな『洞察』している暇があったら、その労力を仕事に使え、と言おうとした田宮に向かい、富岡はますます調子に乗ったことを言い出し、彼を激怒させた。

「本当にどうして僕にはこんなに鋭い洞察力が備わっているのか、ときどき悲しくなりますよ。今朝だって田宮さんの顔見た途端、あまり寝てなさそうだから、昨夜《ゆうべ》はきっと『良平』と……なんて気づいちゃうんですからねえ」

「富岡ぁっ」

ふざけるな、と凶悪な顔で睨んだ田宮に富岡が「冗談ですって」と首を竦める。

「しかし、そうやって怒るところを見ると、まさに図星だったのかな？」

「お前なあっ」

反省の色なく、更に悪乗りして問いかけてきた富岡に、我慢も限界、と田宮が摑みかかろうとしたそのとき、

「ああ、そうだ」

不意に富岡が自分のデスクを振り返ったかと思うと、A4の紙を一枚、ぺら、と激怒する田宮の前に差し出してきた。

「え？」

唐突な富岡の所作に、勢いが削《そ》がれた田宮の目に紙に打たれた文字が、耳に富岡の少しも気負わない声が飛び込んでくる。

「昨日の客先訪問レポート、まとめておきました。田宮さんにもメールで送ったんで、加筆訂正するところがあったら適宜直してください」

「……え……？」

すらすらとそう言いながら、富岡は田宮に紙片を押しつけるようにして渡すと、そのまま席に座り、パソコンのキーを打ち始めた。

「お前……」

書類をざっと見る限り、加筆すべき箇所も訂正を入れる部分もまったくない、完璧なレポートだった。富岡と田宮は客先に同道はしたが、取り扱いアイテムがそれぞれ違うため、本来なら別々に書いたものを、提出用にA４一枚にまとめなければならないが――田宮の部の部長がA４一枚以上の報告書は読まないと常日頃から徹底しているためである――田宮のアイテムの分まで富岡は実に正確、かつ的確なレポートを仕上げてくれていた。

いくら富岡が優秀とはいえ、これだけのものを書くのには相当の労力がいったはずである。客先と面談中からして自分の担当アイテムだけでなく、田宮の担当分まで打ち合わせ内容を把握する必要があるし、その上富岡は受注に向けてフォローが必要な点まで箇条書きにしている。

果たして自分は富岡の取り扱いアイテムに対し、ここまでの知識があるだろうか、とレポートを読み直した田宮の口から、思わず溜《た》め息が漏れた。

「……ありがとう。でも……」

ここまでしてもらったことに対する礼は言わねばならない、と頭を下げた田宮に、

「別に、気にすることないですよ」

富岡が肩越しに彼を振り返り、パチ、と片目を瞑《つぶ》ってみせる。

「確かに助かった。でもこれは俺の仕事で、お前の仕事じゃない」

田宮が富岡のウインクに対し厳しい声を出したのは、余計なことをするな、という気持ちからではなかった。有り難いという思いはあるが、日頃の富岡の多忙ぶりを知っているだけに、やらなくていいことまでやる必要はない、と田宮は言いたかったのだった。

富岡はそんな田宮の顔をじっと見上げていたが、やがて小さく溜め息をつくと立ち上がり、田宮と向かい合った。

「わかってます。この案件は全体を把握していたほうが受注しやすいと思ったからまとめただけです。田宮さんにいいところ見せようと思ったわけじゃないですよ」

「……ごめん……」

苦笑し告げる富岡を前に田宮が頭を下げたのは、自分がまさに富岡の言うとおりのことを

考えていたためだった。

自意識過剰にもほどがある、と自分の勘違いを恥じていた田宮を見て富岡はまた苦笑すると、

「ま、ぶっちゃけ下心もありましたけど」

そう言い、ぺろりと舌を出した。

「…………」

これもまた富岡の気遣いか、と気づいた田宮が言葉に詰まる。そんな彼を前に富岡は、やれやれ、というように肩を竦めてみせたあと、「そうだ」と何か思いついた顔になった。

「なに？」

「お礼にキスしてくれるってのはどうです？」

「馬鹿じゃないか？」

言いながら迫ってきた富岡の胸を田宮は反射的に押しやり、彼を睨む。

「……あ……」

「あーあ、失敗か」

がっかりした声を出し、富岡がくるりと後ろを向く。引き際がよすぎる富岡の態度から、これもまた彼の気遣いだったか、と田宮は気づいたが、そのときにはもう富岡は自分のデスクに戻っていた。

「……富岡……」

「そうそう、今日十一時に部長の時間押さえましたから。昨日の報告にいきましょう。そのときまでにチェックしておいてください」

田宮の呼びかけに気づかぬふりをし、富岡はきびきびとそう言うと、いかにもパソコンの画面に集中しているという様子になる。ピンと背筋が綺麗に伸びた広い背中を見つめる田宮の胸中には、なかなかに複雑な思いが溢《あふ》れていたのだが、今は何より富岡の作ってくれた報告書を完成させることだと彼もまた席につき、パソコンを立ち上げて画面に集中していった。

十一時になり、田宮と富岡は昨日の商談の詳細を報告すべく部長の許《もと》へと向かおうとした。

「そうだ」

昨日、客先から貰った設備投資計画書を一緒に持っていこう、と田宮は鞄を探り、ずっと入れたままになっていた大判の封筒を取り出したのだが、封筒から書類を出そうとしたとき、一緒に見覚えのない小さなビニールの包みが机の上に落ちたのに気づき、おや、と思いつつそれを拾い上げた。

「なんだ、これ……」

約五センチ四方の、開閉が何度もできるジップロック式のビニール袋の中には、みっしりと白い粉が入っている。見覚えのないそのビニール袋を手に、一体これはなんだ、と田宮は首を傾《かし》げたのだが、

「田宮さん、行きますよ」

と富岡に急《せ》かされ、入っていた封筒にそれを放り込むと書類を持ち部長席へと急いだ。

部長との打ち合わせは富岡が要領よくまとめてくれた報告書のおかげで、予定どおり三十分で終了した。

「ちょっと早いけど、田宮さん、メシ、行きません？」

「ああ」

普段であれば、田宮は富岡からの誘いは昼夜を問わず断り通している。だが今日は報告書の礼もあるし、昼飯くらい奢《おご》るか、と頷いた田宮の頭に、先ほどの白い粉の入ったビニール袋が過《よ》ぎった。

「どこいきます？　イタリアン？　中華？」

珍しくも了承してもらったことを喜び、富岡が弾んだ声を出す。

「その前に、富岡、これ、見覚えあるか？」

「なんです？」

うきうきした足取りでデスクを離れかけていた富岡が田宮に呼び止められ、眉を顰めながら近づいてきた。

「これだよ」

「なんです？　これ？」

田宮が再び鞄から封筒を取り出し、中のビニールを示すと、富岡もまるで覚えがなかったようで、田宮の手からそれを受け取り観察し始めた。

「昨日S社でもらった封筒に入ってたんだ」

「封筒って、帰り際に資料をコレに入れてくださいって、向こうの部長が渡してくれたヤツですよね。中に何か入ってるようには見えなかったけど」

観察眼も鋭ければ記憶力も抜群にいい、と自賛することが多い富岡に言われ、田宮も昨夜封筒を渡されたときの場面を思い出した。

鞄を持ってきているし、わざわざ貰った資料を入れるのに封筒はいらないと思ったのだが、せっかく客先の部長が気を遣い差し出してきたものを断るのも悪いと思い、受け取ったのだった。

封筒の中に資料を収めたのは田宮自身だったが、結構嵩《かさ》もあれば重さもあるこんなビニール袋が中に入っていたとしたら、気づかないわけがないよな、と改めて田宮は気づいた。となると、これは一体いつ、どこでこの封筒に入れられたものなのだ、と新たな疑問を抱いた田宮の耳に富岡の不審げな声が響く。

「なんかコレ、刑事ドラマとかでよく見る、ほら、『シャブ』みたいじゃないですか？」

「……え……？」

富岡に指摘されるまでもなく、田宮もこのビニール袋を見たときにまったく同じことを考えたのだった。当たり前の話だが、ごくまっとうな生活をしている田宮は『シャブ』を見たことがない。ドラマの中で出てくる『シャブ』こと覚醒剤の映像が、どれほどの精度を持っているかも勿論《もちろん》わからないのだが、あるはずのないものがこうして自分の鞄の中に紛れ込んでいるということは不審な事項であるのにかわりはないか、と早々に結論を下した。

「悪い、昼飯はまた今度な」

この白い粉の正体がなんにせよ、一応警察に届けたほうがいいだろう、と田宮は判断し、昼休みの時間を使って交番に行こうと決めた。

「警察？」

またも富岡は得意の『洞察力』を発揮したあと、「うん」と頷いた田宮に向かいちょっと複雑な顔になりながらもアドバイスを与えてくれた。

「……交番に行くより、『知り合い』の刑事のところに持っていったほうがいいと思いますよ」

「え？」

問い返した田宮に向かい富岡は「まったく僕って」とぶつぶつ言いながら近づいてくると、

「昼休みの間に帰って来ようと思うんだったら、『顔見知り』の刑事に持っていったほうが話が早いでしょう。万が一コレがほんとに『シャブ』だったりしたら、田宮さんに妙な疑いが、かかるかもしれないし」

そう言い、肩を竦めてみせた。

「……そうか……」

言われてみればその通り、と頷く田宮に、

「まあ、上には適当に言っておきますんで。本来なら昼間っから『知り合い』の刑事のところになんか行かせたくないんですけどねえ」

いってらっしゃい、と富岡は実に不本意そうな顔で見送ってくれたのだった。

田宮はすぐに会社前のタクシー乗り場へと向かうと、客待ちのタクシーに乗り込み「警視庁」と行き先を告げた。道はさほど混んでいないようであるし、十五分くらいで着くかなと思いつつ、車窓の風景を眺める。

富岡に言われたからではないが、昼間から『知り合い』の刑事——高梨の顔が見られると思うと、自然と田宮の心は弾んだ。

「そうだ」

時間が時間だし、一緒に昼食を取ることができるかも、と思いつき、田宮は携帯電話を内ポケットから取り出しかけたのだが、もしも高梨が多忙にしていたら悪いか、と思い直し、再び携帯をしまった。

「……浮かれすぎだろう」

すんでのところで軽はずみな行動を取るところだったと反省し——世間的にはそれほど

『軽はずみ』ではないと思われるが——首を竦めた田宮は、それにしても、とポケットに入れたビニール袋を取り出し、中の白い粉を見ようと少し振ってみた。

小麦粉のようにも見えるが、粒子がもう少し細かい。本当に『シャブ』だったりして、と思ったと同時に、万が一そうだった場合、こんな風に素手で持っていいものか、と、はっとし、慌ててポケットから今度はハンカチを取り出しビニールをそれでくるんだ。

ポケットにハンカチ包みをしまいながら田宮は、なんだか自分のやっていることが、必要以上に大仰に思えてきて、堪《たま》らず噴き出してしまった。

そうだ、警察に届ける前に、一応S社の部長に聞いてみるか、と再び携帯と名刺入れを取り出し、昨日もらったばかりの名刺を見ながら電話をし始めた田宮を乗せたタクシーは、一路警視庁を目指し外堀通りを疾走していった。

その頃高梨は、午後から開かれることになった捜査会議の議長を課長より任ぜられ、現場から戻ってきた部下たちから報告を受けている最中だった。

朝方、歌舞伎町の路地裏で、刺殺された若いチンピラの遺体が発見された。刺し傷は全部で八カ所あったが、傷はそれだけでなく、全身に殴る蹴るの暴行を受けたあとに滅多刺しにされたという報告が監察医から上がってきていた。

　遺体はポケットを探られた跡があり、身元がわかるものを何一つ身につけていなかった。空っぽのポケットの中から鑑識が僅《わず》かに残っていた覚醒剤を発見、チンピラは売人で、なんらかのトラブルに巻き込まれ殺されたのではないかというのが、現場に出向いた刑事たちの見解だった。

「指紋照合の結果、前科はナシ、顔写真をマル暴に回したんですが、売人リストの中にガイシャらしき人間はいませんでした」

「新宿西署でも、ガイシャを見知った刑事はいないようでした。どこの組かも今のところわからないそうです」

　山田《やまだ》、竹中《たけなか》の報告に高梨は「そうか」と頷くと、新たな問いを発した。

「検死によると死亡推定時刻は午前三時頃やったな。目撃情報は何か出てへんのか？」

「出てません。午前三時でもあの辺、人通りはそれなりにあるんですが、目撃証言どころか、人が争う物音を聞いたという程度の証言も出てきません」

「遺体発見現場の様子から見ると、どうも暴行も殺害も、別の場所で行われたようです。ただ、なぜ『目立たない』とはとてもいえないようなあんな場所に遺体を捨てたかはわかりませんが……」

「せやな。わざと見つけてくれ、言うてるようなもんやわな」

うーん、と高梨が唸《うな》る。と、そのとき捜査一課の入り口付近でざわめきが聞こえたかと思うと、金岡《かなおか》課長の大声が室内に響いた。

「みんな、ちょっと注目してくれ。今日東京地検刑事部に配属された武内《たけうち》検事が着任のご挨拶にいらした」

「そういや田中《たなか》検事、神戸に移動って言ってましたね」

「前が鬼検事だったから、今度は天使様みたいな人がいいなあ」

竹中と山田がぼそぼそと囁き合うのを「こら」と諌《いさ》めたあと、高梨は新任の検事に挨拶すべく振り返ったのだが、視界に飛び込んできたあまりにも見覚えがある男の顔に、驚きのあまり大きな声を上げてしまった。

「武内やないか！」

「あ！　高梨先輩！　お久しぶりです！」

金岡課長の背後に佇《たたず》んでいた『新任の検事』もまた大きな声を出したかと思うと、啞然としている金岡を残しすたすたと高梨へと歩み寄ってきた。

「なんや、東京に戻ってきたんか」

「はい、希望どおり刑事部配属となりました。また高梨先輩とご一緒できるかと思うと、嬉《うれ》しくて仕方ありません」

「あはは、お手柔らかに頼むわ」

親しげに笑い合い、会話を続ける二人の様子を、捜査一課の面々は半ば唖然として見ていたのだが、真っ先に我に返った金岡が高梨に二人の関係を問うてきた。

「高梨、武内検事と面識があったのか」

「ええ、大学の後輩ですわ。同じ法学部で同じ柔道部やった、な？」

「はい、大変お世話になった先輩です」

高梨の横で武内が、畏《かしこ》まった顔になる。

「警視の後輩ということは……東大法学部か。すごいですね」

感心した声を上げる竹中と、

「柔道部？　体育会の⁇」

戸惑いの声を上げた山田を、高梨は順番に、こら、こら、と睨み付けると、武内に笑いかけた。

「ああ、かんにん。挨拶するんやったね」

「そうでした。懐かしさのあまり忘れてました」

武内も高梨に笑い返したあと、姿勢を正し周囲をぐるりと見渡し口を開いた。

「大変失礼しました。本日付で東京地検刑事部に配属になりました、武内潤《じゅん》と申します。今後ともどうぞよろしくお願いいたします」

凛《りん》とした声を張り上げた武内は、いかにも地検の検事といった様子のかっちりとした真面目な雰囲気の男だった。先ほど山田が『柔道部？』と驚きの声を上げたのは、彼の体格がすらりとした細身であり、容姿が優しげな女顔であったからなのだが、その顔はよく見ると高梨に少し似ていた。

高梨に、というよりは、高梨の二番目の姉の美緒《みお》に似ている。たおやかな美人顔ではあるが、そこは地検の検事、眼差《まなざ》しの厳しさが凛々《りり》しい雰囲気を醸し出していた。

「こちらこそ、よろしくお願いいたします」

金岡課長を始め、捜査一課の皆が、武内の挨拶に応《こた》え頭を下げる。

「これから捜査会議というお忙しいときに、お時間取っていただき申し訳ありませんでした」

武内もまた皆に向かい、丁寧に頭を下げたあとに、横で微笑んでいた高梨へと視線を移し、幾分ほっとした様子で話しかけてきた。

「先輩もお変わりなさそうで……よかったです。安心しました」

「え？」

『安心』という表現が少し気になり、高梨が武内に問い返す。と、武内は、しまった、という顔に一瞬なったあと、しどろもどろに言葉を続けた。

「あ、いえ、実は刑事部の同僚から、先輩に対するおかしな噂を聞いたんです。それで気になっていたものですから……」

「噂？　なんやろ？」

地検の刑事部との関係は良好のはずなのだが、と首を傾げた高梨の前で、武内は尚《なお》も言い辛《づら》そうに口籠《くちご》もったが、言わずにいるのも悪いと思ったようでぼそぼそと小さく話し始めた。

「……先輩がゲイだという噂です。誹謗《ひぼう》中傷にしても酷すぎます。僕はもう、腹が立って腹が立って……」

最初は抑えた声であったのに、聞いたときの怒りが再燃したのか、拳《こぶし》を握りしめ次第に声高になっていった武内の言葉に、まず高梨が少し困った顔になり、竹中や山田をはじめとする捜査一課の面々も、何も言えずに俯《うつむ》いてしまった。

「……すみません、大変失礼なことを……」

それを武内は自分の教えた『噂』に高梨がむっとしたせいだと思ったようで、はっと我に返った顔になると慌てて高梨に頭を下げた。

「あ、いや、ちゃうんよ」

高梨がますます困った顔になり、頭をかく。

「え？　違う？」

様子がおかしいと気づいた武内が、眉を顰め問い返したちょうどそのとき、

「あの……」

部屋のドアの向こうから、遠慮深く呼びかけてきた若い男の声が室内に響き渡った。

「え？」

聞き覚えがありすぎる上に、今、まさに話題に出かけていたその声にまたも高梨は驚き、慌てて部屋の入り口を振り返る。

「ごろちゃん！」

聞き違えるわけもないその声の主を——田宮の姿を認めた高梨は、大きな声で名を呼びながら、彼に向かって駆け寄っていった。

「『ごろちゃん』？」

武内が唖然としつつも、不審そうにその呼び名を口にする周囲で、竹中や山田、それに金岡課長までが、どうする、というようにそっと顔を見合わせ、やがて互いに目を逸《そ》らした。

「あ、ごめん、今、忙しいか？」

いつもと様子の違う室内をちらと見やったあと、田宮が高梨に向かい、おずおずと声をかける。

「いや、大丈夫やけど、急にどないしたん？　なんぞあったんか？」

田宮が高梨の職場を訪れることはよくあったが、それは高梨に泊まり込みが続き、下着の替えを届けて欲しいと高梨側から頼む場合に限られていた。その際、田宮は気を利かせて着替えだけでなく手作りの差し入れをも届けるのだが、それはさておき、田宮のほうから、しかも彼も勤務時間中であろう昼間のこんな時間に訪ねてくるとは、何か突発事項でもあったのか、と心配し問いかけた高梨の前で、田宮はますます恐縮した顔になった。

「忙しいとこごめん。実は、鞄の中にまったく見覚えがない、こんなものがいつの間にか入ってて……」

言いながら田宮が、ポケットからハンカチ包みを取り出し高梨に差し出す。

「これ？」

受け取った高梨は包みを開き、中のビニール袋に入った白い粉を見て、はっとした顔になった。

「ごろちゃん、これ、どないしたって？」

高梨の顔色が変わったことから、田宮はそのビニール袋の中身が犯罪絡みのものだと――『シャブ』ではないか、と察し、できるだけ簡潔な説明をと心がけつつ口を開いた。

「昨日の夕方訪問した会社の封筒の中から出てきたんだ。気づいたのはさっきなんだけど、封筒を受け取ったときにはそんなビニール袋、入ってなかったと思う。念のためさっきその会社の人に電話して聞いてみたんだけど、やっぱり心当たりはないそうなんだ。俺もそんなビニール袋、まったく見覚えがないし、いつの間に入れられたのか、さっぱりわからないんだけど……」

「高梨、どうした」

二人の会話を聞きつけ、金岡課長が近づき問いかけてくる。

「いつもお世話になっています」

田宮が頭を下げるその横で高梨は課長に向かい、ビニール袋をハンカチごと差し出した。

「シャブやないかと思います。鑑識に回したいんですが」

「シャブ？」

驚いた声を上げた金岡の後ろから竹中が飛び出してきて、「鑑識、いってきます」と金岡の手からハンカチ包みを受け取り、部屋を駆け出していった。

「…………」

やはりシャブだったか、と竹中の後ろ姿を目で追っていた田宮は、高梨にぽんと両肩を叩かれ、はっとして彼を振り返った。

「ごろちゃん、あのビニール袋、いつの間にか鞄の中に入っとった言うたけど、もう一回、詳しいこと説明してくれるか？」

「あ……うん」

頷いた田宮の肩を高梨が抱き、室内へと導こうとする。と、そのとき二人の前に、いつの間にかドアの近くまで歩み寄ってきていた武内が立ちはだかった。

「一体、何ごとです？」

武内の顔は青ざめており、彼の声は、先ほどまでのフレンドリーな声音ではなく、酷く硬いものだった。

「……?」

どこか尋常でない彼の表情に、事情がまったく見えない田宮は、どうしたのだ、と高梨を見上げる。

「ああ、武内、紹介するわ」

高梨は一瞬だけ、どうしようかな、というような逡巡《しゅんじゅん》の表情を浮かべたが、すぐにいつもの笑顔になると田宮の肩を抱き直し、それこそ『いつもの』とおりに田宮を武内に紹介し始めた。

「武内、こちら、僕の嫁の田宮吾郎さん。ごろちゃん、彼は大学の後輩で、今日から東京地検に配属になった武内。ええ奴やで」

「嫁!?」

「良平!」

武内の、信じられない、といわんばかりの絶叫と、田宮の、なんてことを言うんだ、という仰天した絶叫がシンクロし、室内に響き渡る。

「先輩、『嫁』って……」

呆然《ぼうぜん》としながら問いかけてきた武内に向かい高梨は、

「『噂』はほんまやった、っちゅうことや」

苦笑してそう言い、田宮の肩を抱き直した。

「……？」

噂ってなんだろう、と思いつつも田宮は、いつもどおりの高梨の開けっぴろげぶりに頭を抱えそうになっていたのだが、そのとき目の前の武内に射るような目で睨まれていることに気づいた。

「……そう、ですか」

田宮が見返すと武内はすぐに彼から視線を逸らし、今度はきつい眼差しで高梨を見上げる。

「武内、あのな」

高梨が彼にしては珍しく、相手の顔色を見るような口調で話しかける、それを武内は、

「話はわかりました」

そう言い、きっぱりと撥《は》ね付けると、ふいと視線を逸らせ、また田宮へと視線を向けた。

「……それより、先ほどの『シャブ』です。せっかくこの場にいるんだ。取り調べには私も同席させていただきたい」

「……え……？」

きついのは眼差しばかりでなく、武内の語調も有無を言わせぬきついもので、一体何がどうなっているのだと、田宮は燃えるような目で己を睨む武内と、そんな武内の様子に息を呑《の》む傍らの高梨の顔を、かわるがわるに見つめることしかできずにいた。

3

「取り調べやないで」

高梨が不安げな表情を浮かべていた田宮に笑いかけたあとに、武内へと視線を移した。

「事情を聞くだけやけど、武内も聞きたかったら傍《そば》で聞いとったらええ」

「高梨警視、公私混同は慎んでいただけませんか」

武内が、先ほどまでの親しみのこもった口調からは打ってかわった、厳しいことこの上ない語調でそう言い、高梨をキッと見据える。

「……申し訳ありません。武内検事」

高梨はすっと背筋をのばすと武内に向かい頭を下げ、

「ですが」

と言葉を続けた。

「まだ、あのビニールの中身がシャブである確定は取れていません。これから行うのは取り調べではなく、事情聴取、しかも善意で届けてくれた相手に対する事情聴取です。ご同席いただいてもまったくかまいませんが、その旨《むね》ご了承ください」

「…………」

改まった口調になった高梨に武内は、暫《しば》し射るような眼差しを向けたあとに、すっと視線を逸らし呟《つぶや》くような声で「わかりました」と告げた。

「そしたらごろちゃん、こっちへ」

二人の間に走る緊張感に、田宮もまた緊張を高まらせていたのだが、高梨にいつもの口調で話しかけられ、我に返った。

「あ……」

「何も心配することあらへん。あのビニール袋がごろちゃんの鞄に入ったのがいつなんか、一緒に思い出していこ」

そう言いながら高梨は田宮の背を促し、刑事部屋のほぼ中央にある応接セットへと導いた。

「山田、悪いけどお茶、淹《い》れてもらえるか」

「すみません、気が利きませんで」

高梨の依頼に山田が慌てて走る。

「お茶なんかいいよ」

「遠慮せんかて。まあ、たいして美味《うま》い茶やないけどな」

恐縮する田宮の前で高梨はわざとふざけた調子で笑ったが、それは田宮の緊張を解《ほぐ》すためと思われた。

「はい、どうぞ」

「あ、すみません」

山田が差し出したお茶を田宮が申し訳なさそうに受け取る。高梨もまた山田から自分の分を受け取ると一口それを飲んだあと、

「そしたら、もいっぺん、あのビニール袋がいつ、ごろちゃんの鞄に入ったか、最初から考えていこ」

そう言い、田宮に向かってにっこりと笑いかけた。

「鞄というか、昨日訪問した会社の封筒の中に入ってたんだ」

せっかく淹れてもらった茶を飲まないのも悪いと思ったらしく、田宮は茶を一口啜《すす》ると、慎重に考えていることがわかる表情を端整なその顔に浮かべつつ話し始めた。

「……一番の可能性としては、もともと封筒に入ってたってことなんだろうけど、あの封筒は取引先が持ち帰る資料を入れるために渡してくれたもので、どう考えても、あれだけの重さがあるものが中に入ってたとは思えないんだ」

「封筒を鞄から出したのはいつやった？」

高梨の問いに田宮が考え考え答えていく。

「今日の午前中。昨日の報告を部長にするんで、資料を出そうと思って取り出したんだ」

「昨日その会社を出てから、今日の午前中に取り出すまでに、鞄を開けたことは？」

「……なかった、と思う。昨夜は客先出たあとすぐ帰宅したし、家に帰ってからも鞄開けた記憶ないし……」

田宮の答えに高梨は昨夜、田宮が帰宅したときのことを思い出し、

「たしかに、鞄開けてる暇はなかったよなあ」

と相槌《あいづち》を打つ。田宮もまた、昨夜の行為を思い出したらしく、バツの悪そうな顔になったが、

「あ」

何かを思い出したようで、小さく声を上げた。

「どないしたん？」

気づいた高梨が身を乗り出し問い返す。

「思い出した。鞄、開けたわけじゃないんだけど、昨日客先を出たあと、歌舞伎町で男の人とぶつかっちゃって、落として中身が散らばったんだ。もしかしたらそのときに紛れ込んだのかも……」

「なんやて？　もちょっと、詳しい話、教えてくれるか？」

問いかける高梨に田宮は「うん……」と少し言いづらそうな素振りをしたあと、またも慎重な表情になりぽつぽつと話し始めた。

「……人を見かけで判断するのは悪いと思うんだけど……」

「見かけ？」

どういうことや、と更に身を乗り出す高梨に田宮は、そのぶつかってきた男が、どう見てもチンピラのようだった、ということを告げた。

「でも別に、見た目がチンピラ風だからといって、態度もそうだったってわけじゃないんだ。俺が落とした鞄の中身を頼むより前に拾ってくれたし……」

「……まあ、覚醒剤を入れるために拾ってくれた、いう可能性はあるわな」

高梨の言葉に田宮が、なんともいえない表情になる。自分の証言が、親切心から鞄の中身を拾ってくれただけかもしれない男に疑いがかかるきっかけとなったことを気にしているらしい彼に、高梨は「大丈夫やて」と微笑むと、ぽん、と肩を叩いた。

「僕らかて捜査のプロや。外見で先入観持つような真似はせえへんさかい、安心してくれてええ」

「……ごめん」

田宮がはっとした顔になり、高梨の前で深く頭を下げる。自分の言動が高梨ら『捜査のプロ』の腕をさも疑っているかのような印象を与えたのではないかと案じたらしい。

「謝ることないて」

高梨は笑ってまた田宮の肩をぽん、と叩くと、

「で、昨夜ごろちゃんにぶつかってきたその男の人なんやけど」

どういう外見でどういう特徴があったか、と尋ねた。

「白っぽいスーツを着てた。年齢は二十五、六くらいじゃないかと思う。髪型はちょっと長めで肩につくかつかないかくらい。それから……」

田宮は一生懸命、そのチンピラ風の男の容姿を思い出そうとしているようで、ぎゅっと目を閉じ、男の特徴を話し続けた。

「……服装の割には、鞄の中身拾ってくれたり、ぶつかったことを謝ってくれたりで、変なたとえだけど、躾《しつけ》の厳しいウチで育ったのかな、ってちょっと思った。そのくらいかな……」

「あとで、モンタージュ作るの、協力してくれるか？」

絵にしたほうがわかりやすいだろう、と高梨は思い、田宮にそう告げると「うん」と頷いた彼に、別の側面からの問いを始めた。

「そのチンピラ風の男、どないしてぶつかってきたん？」

「路地から飛び出してきたんだ。それでぶつかって弾みで俺が鞄を落とした。中身が散らばってしまったのを、ぼんやりしてるうちに彼が全部拾ってくれたんだけど、あ、でも、そのあと……」

話しているうちに思い出してきたのか、田宮がまたもはっとした顔になり、高梨を見る。

「なに？」

「そうだ、その人、急いでたから路地から飛び出してきたわけで、なんで急いでいたかというと、どうもヤクザっぽい人たちに追われてたみたいだったんだった」

「それは？」

どうしてわかったのだ、と問う高梨に田宮は、白いスーツのチンピラを追って、複数名のヤクザが同じ路地から直後に飛び出してきたこと、彼らに男の行方を聞かれたことを説明した。

「……へえ……」

話を聞き終えると高梨は、少し不思議そうな表情を浮かべ田宮を見た。

「……自分でもなんで、その人を庇ったのか、よくわからないんだけど……」

高梨が疑問を覚えたのはそこだろうと察した田宮が、問われるより前に言葉を足す。

「白いスーツの男が一人で、追いかけてたヤクザが複数名やったからちゃう？　酷い目に遭わされたら可哀想《かわいそう》やと、思ったんちゃうかな」

高梨は田宮自身すら思いつかなかった答えを見つけると、「ああ、そうか」と納得した声を上げた田宮に向かい、にっこりと微笑んだ。

「ごろちゃんの優しさやろ」

「……わからないけど……」

面と向かって『優しい』と言われ、照れた田宮が言葉に詰まり俯く。高梨はそんな彼を愛しくてたまらないという目で暫し眺めたあと、周囲を取り囲んでいた刑事たちをぐるりと見渡し、小さく頷いてみせた。

チンピラ風の服装をしているというだけでは勿論、その男が田宮の鞄に覚醒剤と思しき包みを紛れ込ませた人物であるという可能性はそう高くない。強いて言うなら、ぶつかって鞄を落としたときしか、包みが混入された機会がなかったという点のみで疑わしいとしかいいようがないのだが、その男がヤクザたちに追われていたとなるとぐんと可能性は高まった。

覚醒剤取引に関する同じ暴力団内、もしくは対抗勢力の内輪もめかもしれない。田宮の持ち込んだ覚醒剤については、モンタージュを取ることが解決の糸口となるだろう、という高梨の予測は、

「あ」

と、また何かを思い出した顔になった田宮が続けた言葉で、大きく外れることとなった。

「どないした？　ごろちゃん」

「男の特徴、思い出した。左目の下に古い傷があった」

「え？」

ギャラリーの中にいた竹中が、驚いた声を上げる。

「竹中、どないしたん？」

「いや、実はさっきのガイシャの目の下にも、古い傷があったんです。服装も白いスーツだ

ったし、髪を肩くらいまで伸ばしているというのも同じで……」

「なんやて？」

半信半疑といった顔で竹中が喋《しゃべ》り続けるのを高梨は眉を顰めて聞いていたが、すぐに、よし、というように頷くと、竹中に指示を出した。

「まさかとは思うけど、ガイシャの写真、鑑識から至急回してもらえるか？」

「わかりました。すぐ取りにいってきます！」

竹中が慌てて駆け出したのは、自身のひらめきに高梨が同調してくれたせいで、信憑性《しんぴょうせい》が増したと感じたためと思われた。

「え……？」

田宮だけが、まるでわけがわからない、と首を傾げる中、ものの五分で写真を手に竹中が鑑識から戻り、高梨はその写真を田宮に「死体の写真やから、驚かんようにな」と言いながら示してみせた。

「どやろ？　もしかしたらごろちゃんにぶつかった男って……」

「あ！」

おそるおそる写真を見た田宮が、大きな声を上げたあと、興奮した様子で高梨にまくし立てる。

「彼だよ！　間違いない！　顔も、髪型も、そしてスーツも……アクセサリーまで一緒だ。

絶対間違いないよ！」

「そうか！」

二人を囲んでいた刑事たちの間にも一気に興奮が走った。

「そしたら悪いんやけど、もういっぺん、昨日ごろちゃんがこの男とぶつかった時刻と正確な場所、それに彼を追っていたヤクザ風の男たちの容貌、教えて貰えるかな」

「わかった」

高梨の要請に田宮は大きく頷くと、思い出せる限り正確な時間と場所、それに、チンピラたちの服装や顔などを問われるままに答えた。

「おおきに。助かったわ」

一通り話を聞き終えると、高梨はにっこりと微笑み、おつかれさん、と田宮の肩を叩いた。その頃には田宮が届けたビニール袋の中身が覚醒剤であることと、ビニールの表面についていた指紋が今朝方遺体で発見された被害者のものと一致することが確認されていた。

「遅くなってもうたね。大丈夫か？」

詳細を聞くうちに、時刻は午後一時を回っていた。一時間以上足止めしたことを高梨は田宮に詫《わ》びると、そのまま彼を送り出そうとしたのだが、そのとき彼らの背後で硬い声が響いた。

「待ってください。お帰りになる前に、尿検査をお願いします」

「え？」

「なんやて？」

意味がわからず問い返した田宮と、激昂した高梨の声がシンクロする。二人を始め、捜査一課の刑事たちが振り返った先では、地検の武内検事が厳しい眼差しを高梨に注ぎながら、少しの感情も含まぬ口調で再び話し始めていた。

「覚醒剤を保持していた人間に尿検査を受けさせるのは当然のことでしょう」

「あ……」

そういうことか、と納得した声を上げた田宮を庇うように高梨は彼の前に立つと、怒りも露わに武内に食ってかかった。

「彼の身元は私が保証します。尿検査など受けさせる必要はありません」

「高梨警視、公私混同は慎んでほしいと申し上げたはずです」

普段温厚な分、怒ると高梨は非常に迫力があるのだが、大抵の人間が臆する彼の怒声を武内は堂々とした態度で跳ね返し、それどころか尚もきつい目で高梨を睨んだ。

「公私混同やて？」

「『知人』だから当然行うべき検査をパスさせる、公私混同以外のなんだと言うんです。それとも彼には尿検査ができない理由があるとでも？」

「武内、お前……っ」

武内の言い方に必要以上の棘《とげ》を感じ、高梨が激昂する。そのまま武内の胸倉を摑みかねない勢いの彼を、周囲が慌てて止めようとする中、一番に高梨の身体にしがみつきその行動を阻んだのは田宮だった。

「いいよ、りょうへ……高梨さん。尿検査を受けろというのなら受けますから」

「ごろちゃん、ええて」

高梨が田宮に向かい首を横に振るのに、「いいって」と田宮は微笑むと、わざとなんだろう、少しおどけた口調で胸を張った。

「別に疚《やま》しいことなんかないし。しないって頑張るほうが、疑われちゃうだろ？」

「……ごろちゃん……」

高梨が心底申し訳なさそうな顔になり、黙り込む。

「すみません、どこに行けばいいですか？」

田宮はそんな彼に、にこ、と微笑むと、二人を取り囲んでいた顔馴染《なじ》みの捜査一課の刑事たちを見回し問いかけた。

「ご案内します」

竹中がちら、と高梨を見たあとに、田宮の前に立ち歩き始める。

「僕が行くわ」

高梨が竹中に代わろうとするのを田宮は「いいよ」と制すると、「それじゃ、行ってきます」と小さく会釈し竹中に続いて部屋を出た。

「…………」

なんともいえない沈黙が室内に流れる。だがそれも、田宮の背がドアの外へと消えていくまでだった。

「どういうつもりや」

ドアが閉まった瞬間、高梨は武内に食ってかかり、それを金岡課長を始め周囲が慌てて制した。

「高梨、落ち着け」

「警視！」

金岡と山田が両脇から高梨を押さえる中、怒りの籠もった眼差しを向けられた武内が憮然《ぶぜん》とした顔で高梨を見返し口を開いた。

「別に。ごく一般的な対応をお願いしたまでです。何度も申し上げますが、公私混同は控えてください」

それでは、と武内が軽く高梨に会釈をし、そのまま部屋を出ようとする。

「武内」

高梨は怒りのあまり思わずその背を呼び止めたのだが、武内は一瞬足を止めはしたものの振り返る素振りもみせず、そのまま部屋を出ていった。

「武内！」

「高梨、落ち着けって」

あとを追おうとする高梨を金岡課長が諫める。

「気持ちはわからないでもないが、武内検事の言うことも正論っちゃあ正論だ。検査を突っぱねてあとあとまで引っ張られるより、今はっきりさせておいたほうがいいだろうよ」

「確かにそうではありますが……」

金岡の言葉に、人前で激昂《げっこう》したことを恥じながらも、高梨が不満げに顔を顰《しか》める。

「まあ、検事の気持ちもわからないでもないからなあ」

そんな高梨の肩をぽん、と叩き、金岡が苦笑する。

「なんですって？」

どういう意味だ、と眉を顰めた高梨の肩を金岡は再び、ぽん、と叩くと、「まあ、なんだ」

と言いにくそうな素振りをしつつ喋り始めた。

「お前がその、男の『嫁さん』もらってることに、ショックを受けたんだろうよ」

「……ああ……」

確かに武内は自分がゲイだという噂を聞いた、と憤っていた。ゲイか否かという自覚は高梨にはないものの、最愛の人の性別は男性である。

そのことにショックを受けたがゆえに、自分に対し——そして自分のパートナーに対し、対応が厳しくなったというわけか、と高梨は改めて、それまでフレンドリーだった武内の態度が豹変《ひょうへん》した理由を察し、なるほどね、と溜め息をついた。

捜査一課のように、皆が皆、温かな目で見てくれるとは限らないという認識は勿論、高梨にもある。現に彼の家族でも、姉二人と母親は高梨と田宮の関係に好意的だったが、長兄の康嗣《やすし》は反対こそしないものの、決していい顔をしているわけではなかった。

『男同士』であることが、世の人にとっては眉を顰めるべき関係であることは高梨にもわかってはいるが、それでも自分が信頼関係を築いていると思う相手には、田宮とのことを認めてもらいたいと思っていた。

高梨にとって武内は自分を慕ってくれていた可愛い後輩でもある。彼にもわかってもらいたいというのは無理な話なのか、と込み上げる溜め息を高梨が飲み下したとき、刑事部屋に再び田宮が現れた。後ろには少し複雑な表情を浮かべた竹中が頭をかいている。

「どないしたん?」

高梨が問いかけると竹中は「ええ……」と言ったきり、言葉を探すようにして黙り込んだ。代わりに事態を説明し始めたのは田宮で、もじもじとしている竹中をちらと見たあと口を開いた。

「トイレから戻るときに、さっきの……ええと、検事さん? に会ったんだ。俺以外に白いスーツの人や、彼を追いかけてきたヤクザたちを見た人間はいないのか、いるならその人物からも話を聞くようにと指示していたよ。証言は多いほど信憑性が高まるからって」

「……それが……」

田宮の言葉を竹中が遮り、高梨に申し訳なさそうな視線を向ける。

「……そんなあたりのいい表現じゃありませんでした。どっちかというと、一人の証言では信頼性がないと……」

「なんやて？」

「竹中君」

いきりたつ高梨の声と、田宮の慌てた呼びかけが同時に室内に響く。

「他は？　他はなんぞ不愉快なこと、言われへんかったか？」

駆け寄り、両肩を摑んで揺さぶる高梨を田宮は「大丈夫だって」と笑って制すると、

「目撃証言って、多いほうがやっぱりいいんだろ？　俺もそう思うもん」

そう言い、頷いてみせた。

「……ごろちゃん……」

「昨日は客先訪問から、富岡と一緒だったんだ。よかったら俺、電話して呼び出すけど？」

なんともいえない表情を浮かべる高梨に、田宮は尚も気を利かせたことを言うと、早くもポケットから携帯を取り出しかけ始めた。

「あ、富岡？　お前、今日の午後の予定、どうなってる？」

「…………」

腕を逃れ、電話に向かって話し始めた田宮を高梨はまたもなんともいえない思いを胸に見つめていた。

健気《けなげ》としかいいようのない行動である。面と向かって『信頼できない』などと言われれば彼自身も傷ついただろうに、そのことをおくびにも出さず明るく振る舞っている様子は健気を通り越していじらしくさえあり、この場で抱き締めたい衝動を高梨は必死に抑え込んでいた。

「うん、悪いけど、至急来てもらえるかな」

話はすぐついたようで——相手が富岡であるなら、万難を排してでもやってくるだろうと高梨もまた思ったが——田宮は「頼むな」と言って電話を切ると、改めて高梨を、そしてぐるりと捜査一課の刑事たちを見回した。

「すぐ来てくれるそうです。十五分くらいで到着すると思います」

「申し訳ないですな」

金岡課長が皆を代表して詫びるのに、田宮が「とんでもない」と恐縮し首を横に振る。

「お役に立てればいいんですが……」

「今の時点で充分立ってますよ！」

「そうですよ。まったく手がかりがなくて、途方に暮れてたんですから！」

田宮の言葉に、竹中や山田が先を争ってフォローを入れる。彼らもまた自分と思いを同じくしているのだろうと思うと、少しだけやさぐれた気持ちが癒される気がする、と高梨は密《ひそ》かに微笑むと、

「ほんまやでえ」

彼もまた田宮にフォローを入れ、微笑みを返す田宮に笑顔を向けた。

田宮の予測どおり、富岡はきっちり十五分後に警視庁を訪れると、田宮から聞いたものと寸分違わない証言を刑事たちの前でしてみせた。

「この男たちの中に、見覚えのある連中はいますか？」

富岡から事情聴取をしている間に、覚醒剤取引に関与していると思われる暴力団の、逮捕歴のある男たちの写真をピックアップしたものが用意されたが、見せられた富岡と田宮は、二人して「よくわからない」と首を傾げた。

「特徴っていう特徴はなかったし、何せ一瞬のことだったし……」

あまり顔を覚えていないのだ、という田宮とほぼ同じ答えを富岡は返したのだが、

「このおっさんは、いたような気がしないでもないです」

写真の中の一人の人物を自信なさげに挙げて寄越した。

「ただ、確かじゃありません。似てるなって思うだけで、間違いないかと言われると、『はい』とは答えられません」

田宮はその写真を見て「いたような気もするけど、やっぱり自信ない」と申し訳なさそうな顔をした。

「本当にご協力どうもありがとうございました」

事情聴取と写真チェックは、三十分ほどで終わった。金岡課長が深々と頭を下げ、二人を社まで送っていこうと部下に命じようとしたのだが、田宮も富岡も「とんでもない」と遠慮した。

「覆面なんかで送ってもらったら、社内中大騒ぎになりますんで」

自力で帰ります、と田宮は改めて捜査一課の刑事たちに「それでは」と頭を下げると、最後に高梨に向かい、にこ、と小さく微笑んだ。

「頑張ってな」

「ありがと」

田宮の小さな声を聞き、高梨が心底嬉しそうに微笑む。と、二人の間にわざと富岡が割って入り、挑発的な目線を高梨へと向けてきた。

「それじゃ、『僕たち』はこれで失礼しますんで。いやあ、田宮さんと『二人で』捜査に協力できるなんて、僕も光栄ですよ」

「ほんま『富岡さんの』ご協力、感謝しますわ。そしたらごろちゃん、またウチでな」

いつものように高梨はきっちり富岡の挑発に乗ると、田宮の肩に腕を回し頰に音を立ててキスをした。

「おいっ」

人前で、と怒声を張り上げた田宮が高梨の腕から逃れ彼を睨む。

「高梨さん、嫌がられてますよ」

勝ち誇ったような声を上げる富岡に高梨が「なんやて」と凄むのに、

「もう、いい加減にしろよな」

帰るぞ、と田宮はいつもどおり、睨み合う高梨と富岡の間に割って入ると、その様子を面白がって眺めていた捜査一課の面々に「お騒がせしました」と頭を下げ、富岡を連れて刑事部屋を出た。

「それにしても驚きましたよ。昨日のあの男、殺されてたなんてね」

警視庁を出たあと、車は混みそうだからと地下鉄の入り口を目指して歩きながら、富岡が田宮に話しかけてきた。

「本当だよな」

頷いた田宮の脳裏に、死んだ男の顔が浮かぶ。

『すみませんでした』

急いでいる様子だったのにわざわざぶちまけた荷物を拾ってくれたのは、その中に所持していた覚醒剤を隠すためだったのか、はたまた覚醒剤が書類に紛れたのは偶然なのか、どっちだったのだろう、と田宮は首を傾げ、富岡の考えを聞こうと彼を見た。

「なあ」

「なんです？　田宮さん」

富岡が満面の笑みで問い返す。

「何笑ってるんだよ」

気味が悪い、と田宮が眉を顰めると、富岡はそれは嬉しそうに彼の『笑顔』の理由を説明してくれた。

「いやあ、急に呼び出されたから何ごとかと思ったんですが、二人して事情聴取だなんて、まさに『二人の初めての共同作業』かと思ったら嬉しくてねえ」

「お前、馬鹿じゃないか」

何が『共同作業』だ、と田宮が呆《あき》れ果て、富岡を見やる。とそのとき背後から大勢の人間が駆けてくる足音が聞こえたかと思うと、二人の周囲をあまりガラのよくない男たちが取り囲んだ。

「な……？」

何ごとだ、と驚いた声を上げた田宮に寄り添い、富岡が凜とした声を張り上げる。

「何か僕らに用ですか？」

「ああ、用だよ」

チンピラの中でもリーダー格と思しき男が凄みを利かせた声でそう言い、周囲のチンピラたちに合図を送る。

「ちょっと付き合ってもらえねえかな」

田宮と富岡、二人を取り囲んでいたチンピラたちの輪が一気に狭まる。日中だというのに通行人があまりいない中、多勢に無勢、下手をすればこのままチンピラたちに拉致《らち》されどこかへと連れ去られてしまうかもしれない。危機感を覚えた田宮が富岡の腕を、逃げよう、と摑みかけたそのとき、

「警察だ！」

周囲に轟《とどろ》く大声に、チンピラたちが一様に動揺した素振りをした。

「警察が来たぞ！」

声は尚も響き、ようやくその場を通りかかった数名の通行人が、何ごとかというようにチンピラたちに注目する。

「出直すか」

チッとリーダー格のチンピラが舌打ちし、最初に駆け出していく。

「兄貴！」

「待ってください！」

他のチンピラが彼のあとに続くのを、田宮も富岡も呆然と眺めていたのだが、そのとき背後でクラクションが鳴り響き、彼らの意識を覚ました。

「警察は嘘だ。早く乗れ！」

運転席の窓を開け、男が早口で声をかけてくる。

「え？」

「なに？」

田宮と富岡、二人して驚きの声を上げたのだが、男は「早く！」と顎《あご》をしゃくって自分の車の後部シートに乗れと指示してきた。

「早く乗れ！　奴らが引き返してくるぞ」

「乗れって言われても……」

躊躇《ちゅうちょ》する富岡の横で、唐突に現れたこの男の顔に見覚えがあるような気がしていた田宮は、じっと彼を見つめていたのだが、

「あ」

ようやく男の素性を思い出し、小さく声を上げた。

「田宮さん？」

富岡が不審そうに問いかけてくる声と、

「早く乗れ！」

苛立《いらだ》つ謎の男の声が重なって響く。

「乗ろう」

「ええ？」

田宮は富岡の腕を引くと、驚いている彼と共に、車の後部シートへと乗り込んだ。

「あ！　あいつら！」

「待て、この野郎！」

男の言うように、嘘に気づいたチンピラたちが引き返してくる声が辺りに響く中、田宮と富岡を乗せた車が、タイヤを軋《きし》ませ急発進する。

「うわっ」

あまりの勢いのよさに、富岡と田宮、二人して後部シートで転がりそうになるのに、

「シートベルト、しておけよ」

条例で決まったからな、とミラー越しに男が、笑いかけてきた。

「あの……」

田宮が身体を起こし、シートベルトを嵌《は》めながら、じっと男の顔が映るミラーを見つめ問いかける。

「なんだ？」

「あの、もしかしたら、雪下《ゆきした》さんじゃないですか？」

「え？　誰ですって？」

田宮の問いかけに、横で富岡が戸惑いの声を上げる。

「…………」

呼びかけた相手が――ハンドルを握るその男が驚いたように目を見開く様が映るルームミラーを、人違いではないよな、とかつて一度だけ見た彼の面影と重ねながら、田宮はじっと見つめていた。

4

「どうして俺の名を？」

ミラー越しに田宮をちらと見やり、男が——雪下総一《そういち》が問いかけてくる。田宮の横では富岡もまた、不思議そうに二人の様子を窺《うかが》っていた。

「やっぱりそうでしたか……」

見たのは一回、しかもかなり距離もあったために、百パーセントの自信はなかったのだが、もとより田宮は人の顔を覚えるのを得意としており、また、何よりこの雪下に関しては印象に残る理由があった。

田宮が雪下の姿を見たのは、大阪での展示会場だった。雪下は田宮の最愛の恋人である高梨の古い知り合い——という簡単な言葉では片付けられない因縁のある相手で、田宮が雪下を見かけたとき傍らに高梨もいたのだが、いつになく動揺している姿を見たことが田宮の脳裏に、雪下の顔を印象づけた要因となっていた。

因みにその場には富岡もいたのだが、記憶力がいいことにかけてはかなりの自信を持っている彼であっても、ちらっと見たきりの雪下の顔は覚えていなかったようで、

「田宮さん、お知り合いですか？」

とどこか呆然とした顔で、ルームミラーに映る雪下を眺めていた田宮に声をかけた。その声に田宮ははっと我に返ると、ミラー越し、訝《いぶか》しげに自分をちらちらと眺めていた雪下に「失礼しました」と頭を下げた。

「あの、俺、高梨良平の友人なんです」

「え？」

田宮の言葉に、雪下は相当驚いたらしく、急ブレーキを踏むと、バランスを崩しかけた田宮を振り返った。

「なんだって？　高梨の？」

「はい……以前、大阪の展示会場で、高梨さんと一緒のときにあなたをお見かけしたことがあって、それで顔を覚えていたんです」

「……大阪で……」

田宮の説明を聞きながら、雪下は考える素振りをしていたが、やがて田宮がいつ自分の姿を見たのか思い当たったようではっとした表情を浮かべると、改めてまじまじと田宮を見つめてきた。

「……よく覚えていたな」

「ええ、まあ……」

雪下に感心した声を上げられ、田宮が少し照れた顔になる。そんな彼を雪下は尚も見つめていたがやがてふっと微笑むと、前を向き車を発進させた。

「どこへ向かっているんですか」

田宮の横から、富岡が運転席の雪下に声をかける。そういえばそうだ、と田宮もまた身を乗り出しかけたのだが、雪下は「話はあとで」と一言告げただけで、行き先を答えようとはしなかった。

「田宮さん、大阪の展示会って、もしかして、僕と一緒にいったやつですか？」

富岡が声を潜め、田宮に問いかける。

「そういやそうかな？」

「あ、ひどい、もしかして僕の存在、忘れてたんですか」

「……あ、いや……」

田宮が口籠もったのは、実は富岡の言うとおり、彼もその場にいたことをすっかり忘れていたためだった。

「ひどいなあ」

恨みがましい目を向けてきた富岡が、尚も声を潜め囁きかけてくる。

「あの、殺人事件があった展示会ですよね？」

「お前、記憶力いいな」

「そりゃね、インパクトありましたから」

富岡はそこまで言ったあと、小さく「あ」と声を上げた。

「思い出した。高梨さんがワケアリっぽかった人か」

さすが脅威の記憶力――本人曰く『田宮さんに関することのみ』とのことだが――富岡もまた雪下の顔を思い出したようで、そう呟くと「よく覚えていたな」と驚きの声を上げた田宮に笑い返した。

「自分で自分の記憶力が怖いです」

「……ほんとだよ……」

田宮がほとほと感心し、溜め息をつく。

「一体誰なんです？」

そんな彼の耳元に唇を寄せ囁きかけてくる富岡に、田宮もまた、運転席の雪下には聞こえないようにという配慮から富岡の耳に唇を寄せて囁き返した。

「良平のもと同僚だよ。今は確か、調査会社に勤務してると聞いたような気がするんだけど……」

何かの事件の容疑者になったという話も田宮は高梨から聞いたことがあったが、そんなことまで富岡には話す必要がないか、と思い留まった。

「……ふうん……」

富岡は消化不良のような顔をし、田宮と、運転席の雪下の後ろ姿を代わる代わるに見ていたが、やがて、

「で、僕たち、何処《どこ》に連れて行かれるんでしょうね？」

と田宮の顔を覗《のぞ》き込んだ。

「それは俺も知りたい」

ヤクザに絡まれていたところを助けてくれたのは有り難いが、一体どこに向かっているのかくらいは知りたい、と田宮は富岡に頷くと、改めて雪下に問いかけた。

「雪下さん、あの……」

「もうすぐ着く」

田宮の問いを雪下は愛想のない声で遮ると、アクセルを踏み込み車のスピードを上げた。

「大丈夫でしょうか」

富岡が心配そうな顔で田宮に問いかけ、ちら、と運転席の雪下を見る。

「……多分……」

高梨の友人に悪人がいるはずがない——根拠としては弱いことこの上なかったが、信じなくてどうする、と田宮は胸に込み上げる不安を押し戻すと、

「大丈夫だよ」

力強くそう言い直し、富岡に向かい大きく頷いてみせたのだった。

車はそれから十五分ほど走り、新大久保へと到着した。

「こっちだ」

今にも崩れそうな古いビルの前で雪下は車を停《と》めたかと思うと、田宮と富岡を促し、そのボロビルの三階へと向かった。

「一難去ってまた一難……ってわけじゃないですよね」

薄暗いビルの中、踊り場にはあたかも誰かが捨てて行ったかのようなオフィス家具が積まれている。随分と景気の悪そうなビルだ、と思いつつ田宮は声をかけてきた富岡を振り返り
「多分」と心許ない相槌を打った。

二人の前を歩いていた雪下が三階の一番手前、『青柳《あおやぎ》探偵事務所』のドアの前に立ち振り返る。目的地はここか、と田宮はとても儲《もう》かっているようには見えない古ぼけた木製のドアを見やった。

「どうぞ」

雪下が相変わらず愛想のない声を出し、田宮と富岡を中へと招き入れる。

「…………」

ここまで来たのだから、今更渋るのも何か――外見に似合わぬ思い切りのよさで、田宮はすぐに腹を括《くく》ると、雪下の開いたドアから室内へと一歩を踏み入れた。

「田宮さん」

こちらも外見に似合わず慎重派である富岡が、慌てて田宮のあとに続く。

「やあ、いらっしゃい」

二人が足を踏み入れたと同時に、室内からアンニュイな声が響き、正面のデスクから物憂げな所作で男が立ち上がった。

「ようこそ、我が青柳探偵事務所へ」

「……あ……」

「ええと……？」

優雅な仕草で田宮と富岡、二人に頭を下げて寄越した男の風貌に、二人は思わず見惚《みと》れてしまった。というのもこの男、実に特徴的な外見をしていたのである。

『探偵事務所』という看板を掲げているものの、田宮には、にっこりと微笑みかけてきたその男が、ホストにしか見えなかった。

滅多に見ないほどに、顔立ちの整った男である。こういう表現は相手に対して失礼なのかもしれないが、なんともいえない『デカダンス』を感じる男だ、と田宮はにこにこ微笑みながら近づいてくる美丈夫を前に言葉を失ってしまっていた。

「所長の青柳です。どうぞおかけください」

「……はあ……」

男が――青柳所長が近づくにつれ、濃厚なムスク系のコロンの香りが立ち上る。男相手に使う表現ではないだろうが、フェロモン垂れ流しというのはこういった人物のことを言うんじゃなかろうか、と、田宮はたじたじとなりながらも、青柳に勧められるままにソファに腰掛け、正面に腰を下ろした彼を見やった。

「高太郎《こうたろう》、お茶」

富岡が田宮に続き、ソファに腰を下ろす。とそれを待っていたのか、青柳が突然大きな声を出したものだから、田宮と富岡、二人して驚き、思わず顔を見合わせてしまった。

「はい！　ただいま！」

やたらと元気のいい声がドアの向こうから響いたと思っていると、すぐにそのドアが開き、若い男が盆を手に入ってきた。見たところ二十歳そこそこ、目の大きな可愛い顔立ちだが、まるで水泳選手のように綺麗に筋肉のついた逞しい身体をしている。

「どうぞ」

どうやら彼が『高太郎』であるらしく、しゃちほこばった動作で田宮と富岡に先に茶を出したあとに、青柳と、そして傍らに立っていた雪下の分の茶をテーブルに置いた。

「失礼します！」

ここはファミレスか、はたまたファストフード店か、もしくはチェーン店の居酒屋か、というような元気のいい声を張り上げ、高太郎が去っていく。バタン、とドアが閉まるまで田宮は思わず、新たに登場した特徴的な人物の姿を目で追ってしまっていた。

「お茶、どうぞ」

青柳に声をかけられ、ようやく田宮が我に返る。

「雪下君も座ったら？」

「ああ」

青柳は雪下にも声をかけ、無愛想ながらも雪下は返事をすると、青柳の隣に腰掛け茶に手を伸ばした。

「いきなりお呼び立てして申し訳ありませんでした」

青柳が田宮と富岡、二人に向かって、それは優雅な仕草で軽く頭を下げる。

「いえ……」

「一体用件はなんなんです？　僕たち、社に戻らなければならないんですが」

田宮とて疑問を覚えていたものの、長年の会社員生活が彼に、青柳の社交辞令に対し社交辞令で答えさせたのだが、そんな田宮の横で富岡はその社交辞令を飛ばし、ストレートに青柳に問いかけた。

「これは大変失礼しました」

富岡の声音には随分険があったのだが、青柳はまるで気づかぬように彼に笑顔を向け、まったく『失礼』とは思ってないような軽い調子で富岡に頭を下げる。

「ですから用件は？」

もとより人の顔色を見ることに関しては長《た》けている富岡であるので、青柳が少しも本気で謝っていないことはすぐにわかったようだった。むっとした顔になり問いを重ねるのに、青柳は少し困ったように笑うと視線を田宮へと移した。

「用件は、ですね。今まであなたがたが警察にいらしたことに関係するんですが」

「……？」

真っ直ぐに目を見据えられ、なんだ、と眉を顰めた田宮だったが、続く青柳の問いはそんな彼に、驚きと戸惑いの声を上げさせるようなものだった。

「あなたと殺された男の関係を教えていただけますか？」

「なんですって？」

「今朝方、歌舞伎町で発覚した若いチンピラの殺人事件に、あなた、関係があるのでしょう？」

戸惑う田宮にかまわず青柳が問いを重ねる。あくまでも優雅な素振り、アンニュイさを漂わせた柔らかな口調ではあったが、精神的にはたたみかけられているのと同じくらい追い詰められる雰囲気を感じ、高梨の古い知り合いだからという理由だけで雪下に乞われるままここへとついてきたことを田宮は後悔し始めていた。

「お答えできません」

青柳の意図がわからない上に、自分の証言もこの事件の捜査情報の一つである。警察の捜査状況を話すわけにはいかない、と田宮はきっぱりとした口調で答え、首を横に振った。

「警察は被害者の身元を既に突き止めていましたか？」

青柳はまるで田宮の答えが聞こえなかったかのような涼しい顔で、更に問いを重ねてくる。

「お答えできませんと申し上げたはずです」

尚もきっぱりと問いを跳ね返した田宮の前で、青柳はわざとらしい大仰な仕草で肩を竦めてみせた。

「それは困りましたねえ」

「困ると言われても、すべて警察で言ったとおりです。我々はこれで失礼させていただきます」

長居は危険だ、と田宮は一方的にそう言うと、横で同じく危険を察し身構えていた富岡に「帰るぞ」と告げ、二人して立ち上がった。

「高太郎」

と、そのとき青柳が一段と高い声を上げたと思うと、ドアが開き、先ほどの水泳選手のような若者が入ってきて、ドアを背に立ちはだかった。

「もう少し、お話聞かせていただけませんかねえ？」

そうして出口を塞ぎ、青柳がソファに座ったまま、立ち上がった二人を見上げてにやりと笑う。

「なんです、あなた。警察を呼びますよ？」

妙な迫力のある青柳の口調に、一瞬息を呑んだ田宮を庇うようにして富岡が前に立ち、厳しい声で告げる。

「警察ねえ……」

青柳が苦笑しゆらりと立ち上がる。ゆっくりとした動作であったが、一分の隙《すき》もないその動きに、富岡もまた息を呑んだそのとき、

「所長」

青柳の横に座っていた雪下がすっと立ち上がったかと思うと、青柳の耳元に数言囁き、ちら、と田宮を見た。

「へえ」

青柳もまた驚いたように目を見開くと、にっと笑って田宮を見る。

「……？」

なんだ、と眉を顰めた田宮と、そんな彼を庇う富岡に向かい、青柳はにっこりとまた微笑むと、

「どうぞ、おかけください」

自身もソファに腰を下ろしながら、二人にも座るように勧めてきた。

「帰ります」

「お忙しいとは思うんですが、もう暫くお付き合いください。今、迎えを呼びますから」

そのまま帰ろうとした田宮と富岡の背に、青柳の声が響く。

「迎え？」

思いもかけない言葉につい足を止め、肩越しに振り返った田宮に、青柳は優美ともいえる笑みを浮かべると、またも彼を驚かせる言葉を口にした。

「ええ、警察に——高梨警視に来ていただくことにします」

「なんですって⁉」

「高梨さんを？」

大声を上げる田宮と富岡を前に、雪下が携帯電話をポケットから取り出し、かけ始める。

「俺だ。雪下だ」

電話の相手に向かい、彼が名乗った次の瞬間、田宮の耳に雪下の携帯から、聞き覚えのありすぎる声が微かに響いた。

『雪下⁉　どないしたん⁉』

「……良平……」

一体どういうことなのだ、と呆然とする田宮の横から富岡が「田宮さん」と心配そうに顔を覗き込んでくる。

「歌舞伎町で発見された若いチンピラの殺害事件のことで話がある。至急来てくれ」

雪下の言葉に高梨は戸惑ったようだが、すぐに『行く』と返事をしたらしかった。

「青柳探偵事務所だ。ああ、誰も連れて来るなよ。一人で来てくれ」

雪下はそれだけ言うと、高梨の返事を待たずに電話を切った。

「さあ、迎えが来るまで、どうかゆっくりなさってください。高太郎、クッキーか何か、あっただろう？　すぐお出しして」

雪下の唐突な電話に呆然と立ちつくす田宮と富岡に向かい、青柳は実に優雅に微笑むと、ドアの前に陣取っていた高太郎という若者に少し厳しい口調で声をかける。

「わかりました！」

飛び上がるような勢いで部屋を出ていく若者の立てた、バタンという大きなドアの音を聞きながら田宮は、これから一体何が起ころうとしているのかという不安を胸に、目の前で茶を啜る青柳と、ぶすっとした顔であらぬ方を向いている雪下を、代わる代わるに見つめていた。

高梨はそれから二十分もしないうちに、単身『青柳探偵事務所』に現れた。

「失礼します」

ドアを開けた瞬間、何も知らされていなかった彼は、そこに田宮と富岡の姿を見つけ、仰天した声を上げた。

「ごろちゃん！　なんで？　なんでここにおるん？」

駆け寄ってきた高梨を、田宮も立ち上がって迎える。

「それがよくわからなくて……」

「ようわからんて……」

唖然としていた高梨は、ここではっと我に返った顔になると、二人の様子をにこやかに笑いながら見ていた青柳と、その隣で憮然として座っていた雪下へと目をやった。

「雪下、これは一体どういうことや？」

「まあ、話せば長くなるのですが、まずはお座りください」

高梨に向かい口を開いたのは雪下ではなく、所長の青柳だった。

「高太郎、まったくお前は気が利かないね。すぐにコーヒーを持ってきなさい」

「は、はい！」

営業スマイルとしかいいようのない華麗な笑みを浮かべて高梨に話しかけたあと、打って

変わった厳しい顔で高太郎に命じる。高太郎がビビって部屋の外へと駆け出すその背に青柳は、

「皆の分を用意するんだぞ」

と言葉を足すと「さて」とまたも『営業スマイル』を作り高梨へと視線を戻した。

「どうぞ、お座りください」

「……青柳さん、ご用件はなんなのです？」

目に怒りの色を浮かべた高梨が、きつい眼差しで青柳を、そして雪下を見ながら、田宮の横に腰を下ろす。

「高梨さんが驚かれるのも無理のない話です。私も雪下もこの偶然には驚いています。まさか、私たちが話を聞きたいと思ったこの田宮さんが、あなたのご友人だったとは、いやあ、長年この商売をしていますが、このような偶然には行き当たったことがありませんでした。なんだか運命を感じてしまいます」

青柳は口を開いたが、喋っている内容は、あってないようなものだった。

「前置きは結構。用件をお聞かせください」

それが高梨の苛立ちを煽るようで、彼にしては珍しく相手の会話の腰を折り、ずいと身を乗り出して問いかける。

「そう焦らないでください」

青柳は苦笑してみせたあと、高梨のこめかみの血管がぴく、と震えたのを目敏《めざと》く見つけ、更に彼を煽るような言葉を口にした。

「そう怒らないでくださいよ。高梨警視は冷静沈着な方だという評判でしたが、思いの外、頭に血が上りやすいと見えますね」

「そら、ええ加減な評判ですな」

たいていの男はここで青柳の挑発に乗るのだろうが、高梨は違った。逆に挑発されたことで我に返った彼は、評判どおりの冷静沈着さを取り戻し、苦笑するように笑ってそう言うとすっと身体を引き、改めて青柳を見やった。

「で、ご用件は?」

青柳はそんな高梨を前にくすりと笑うと、傍らの雪下に物言いたげな視線を向け、ようやく口を開いた。

「情報交換をしませんか?」

「情報交換?」

なんの、と眉を顰めた高梨に向かい、青柳が「ええ」と頷いてみせる。

「今朝方、歌舞伎町で発見された、若いチンピラの死体、彼の身元をお知らせしますので、捜査の進捗《しんちょく》状況を私に教えてもらえませんか?」

「なんですって?」

さすがの高梨も、青柳のこの発言には仰天のあまり大声を上げてしまった。

「……良平……」

傍らで田宮が心配そうに、高梨を見つめている。その視線に高梨はまた落ち着きを取り戻したようで、

「どういうことですか？」

先ほど同様、冷静な声で青柳に問い返した。

「取引成立と考えてよろしいですか？」

青柳が足を高く組み、色気のある目つきで高梨を眺めながら問いかける。

「それはちょっと……ただ、興味はあります」

高梨の答えに青柳は声を上げて笑うと、組んだ足を下ろし、身を乗り出してきた。

「なに、悪い話ではありません。我々には警察の捜査を妨害する意図はまるでありませんので。どちらかというと捜査に協力を申し出ているというスタンスです」

胡散臭《うさんくさ》いとお思いでしょうが、と笑う青柳の横で、初めて雪下が口を開いた。

「本当だ。疚しいことは何もやっちゃいない。それを信用するか否かはお前次第だが」

「…………」

高梨が息を呑む気配を田宮は感じていた。ちら、と横を見ると、高梨は少し驚いたような表情を浮かべ雪下へと視線を注いでいる。その顔を見たとき田宮は、高梨は青柳の申し出を

受けるだろうな、と確信した。青柳を信用したわけではなく、雪下を信頼しているがゆえだろうが、という田宮の読みは当たった。

「一体あの被害者は誰なんです？」

一瞬の沈黙のあと、高梨が青柳に尋ねる。青柳は、ほお、というように目を見開くと、更に身を乗り出し、囁くような声で告げた。

「清島和馬《せいしまかずま》。清島代議士の三男です」

「なんですって⁉」

さらりと告げられた名に、高梨がまたも仰天した声を上げる。それも無理のない話で、清島代議士といえば過去に大臣も務めたことのある、大物中の大物だった。

「清島和馬は表向きはイギリスに留学中となっています。だが実際は白竜会《はくりゅうかい》のチンピラで、数年前から歌舞伎町をうろついていました。殺されたのは彼に間違いありません」

「……なぜ、それをご存じで？」

立て板に水のごとくすらすらと喋る青柳に、高梨が疑問の声を上げる。

「それは信用していただくしかありません」

青柳はにっこり笑うと、「で？」と逆に高梨に問いかけた。

「捜査の進捗状況は？　今、それだけ驚かれたということは、被害者の身元を割り出せていなかったということですよね？」

「…………」

揶揄《やゆ》しているふうではなく、ごく淡々とした青柳の言葉に高梨は頷いたあと、また少し考える素振りをし、黙り込んだ。

「警察はこの事件をどう見ているんです？　ヤクザ同士の諍《いさか》いとか？　そろそろ自分が犯人だというチンピラが出頭してきていませんか？」

そんな高梨に青柳はまた、流れるような淀みない喋りで問いを重ねる。

「別に隠し立てをするわけやないですが、今のところまったくなんの捜査方針も立ってない、いうんが現状です」

と、そのとき高梨の口が開いた。青柳同様、すらすらと立て板に水のごとくそこまで喋ると、不満そうな顔になった青柳に向かい、「本当のことです」ときっぱりと言い放った。

「別に嘘をつかれているとは、思っていませんよ」

青柳が肩を竦める。

「捜査の切り口となるのは、覚醒剤取引です。ガイシャは覚醒剤を保持していた。入手経路から調べることになるでしょう」

その青柳も、高梨が早口でそう告げたのには、「え」と驚きの声を上げ、まじまじと顔を見やった。

「言うたでしょう？　別に隠し立てするつもりはあらへんて」

高梨がにっと笑って青柳を、彼の隣の雪下を見る。

「こちらこそ申し上げたでしょう？　嘘をついているとは思っていないと」

青柳もまた、にっと笑ってみせたあと、「覚醒剤ね」と小さく呟き俯いた。

「但し、ガイシャが清島代議士の三男とわかれば、捜査方針も見直されるかもしれません。本人はともかく親が有名すぎますから」

「代議士への恨みで息子が殺されたとか？　まあ、それはないと思いますけどね」

青柳はまたもさらりとそう言ってのけると、不審げな顔になった高梨に、パチ、と片目を瞑《つぶ》ってみせた。

「今後も何か進捗がありましたら、お知らせいただけますか？」

青柳が立ち上がり、高梨に右手を差し出す。

「そうですね。そうしなきゃフェアやない」

高梨も立ち上がると、青柳の手を握り返し、苦笑してみせた。

「それでは。一日も早い事件の解決を祈っています」

握手に応える高梨の手をぎゅっと握りしめたあと、すぐにその手を離した青柳が高梨に笑いかける。

「ご協力ありがとうございました」

高梨はもう一度丁寧に青柳に頭を下げると、傍らから呆然とした視線を向けてきていた田宮へと目をやった。

「そしたらごろちゃん、帰ろか」

「え？　あ、ああ」

田宮が我に返った顔になり、慌てて立ち上がる。横では富岡も立ち上がり、心配そうな視線を高梨に向けてきた。

「失礼します」

高梨が青柳に会釈したそのとき、ドアが開き、盆に五つのコーヒーを載せた高太郎が入ってきた。

「高太郎、遅い。お客様はお帰りだ」

「す、すみませんっ！」

青柳がこれ以上ないほどに冷たい声を出し、高太郎がまたビビって飛び上がる。かちゃかちゃと盆の上でコーヒーカップが揺れるのに高梨は一瞬同情的な眼差しを向けたが、すぐに視線を雪下へと移すと「そしたらな」と笑いかけた。

「ああ」

雪下が相変わらずぶすっとした顔で頷き、ふいとそっぽを向く。

「わざわざお呼び立てして申し訳ありませんでした」

青柳は高梨たちをドアまで送ると、意味深に微笑み、田宮を見た。

「はい?」

なんだ、と問い返した田宮には答えず、高梨を見ながら青柳が楽しげな口調で話を続ける。

「雪下が言うんですよ。高梨警視のお友達であれば、脅そうがすかそうが絶対に捜査状況は喋らないだろうと。それであなたをお呼びしたんです」

「……そうですか」

高梨は少し驚いたように雪下を見たあと、彼に向かい片目を瞑った。

「さすがやね」

「別に」

相変わらずぶすっと言い捨てた雪下が、そっぽを向いたまま口を開く。

「くだらないこと言ってる暇があったら、その二人の警護を考えろよ。白竜会のチンピラが狙ってるぜ」

「なんやて?」

高梨の顔色がさっと変わり、雪下に問いかける。

「あとはどうぞ、ご本人から事情を聞いてください」

横から青柳が高梨に答え、確かにそのとおりか、と高梨は心の中で頷くと、改めて青柳と雪下、そしてドアの前でおろおろと立ちつくしていた高太郎という若者に「失礼します」と頭を下げ、田宮と富岡を伴い事務所をあとにした。

「送るわ」

高梨は一人、覆面パトカーで来ていた。タクシーで社に戻ると固辞する田宮と富岡をほぼ強引に後部シートに乗せると、車を発進させる前に二人に事情を問うた。

「それが、俺にもよくわからなくて……」

当惑した表情を浮かべながらも、田宮は、突然チンピラに囲まれたこと、雪下の機転で救われたこと、雪下の顔に見覚えがあったために彼の車に乗り込んだことを、順番に説明していった。

「チンピラはなんぞ言ってたか？」

「いや、何も。用があるとかなんとか、言ってただけでしたよね、田宮さん」

田宮が答えるより前に富岡はそう言うと、「高梨さん」と彼から問いを発してきた。

「なんです？」

「捜査情報なんてバラして、大丈夫なんですか？　あの青柳とかいう男、どうも真っ当には見えないんですが」

「真っ当やないっちゅうか……そうですな」

どうやら自分を案じてくれているらしい富岡に高梨は笑顔を向けると、考え考え話し始めた。

「確かに胡散臭いところはありますが、まあ、情報を悪用されるようなことはないでしょう」

「どうしてそう、言い切れるんです？」

わからないな、と富岡が尚も眉を顰める。

「雪下さんがいるからだろ」

彼に答えたのは田宮だった。

「え？」

「ごろちゃん」

富岡と高梨、二人が驚いたように目を見開く中、田宮は「そうだろ？」と高梨の目を見返した。

「……せやね」

旧友を――今はまだ、心が通じ合っているとは言い難い態度を取る友を信じている、という自分の心情を田宮が正しく読んでくれる。そのことが高梨の胸をなんともいえない温かな思いで満たしてゆく。

そしてその旧友もまた、田宮の内面を正しく読んでいたということがまたなんともいえず

に嬉しく、高梨は田宮に向かって大きく頷くと前を向き、

「そしたら行きますか」

明るく声をかけつつ、車を発進させたのだった。

5

田宮《たみや》と富岡《とみおか》を会社に送ったあと高梨《たかなし》はすぐ警視庁に引き返して二人の警護の手配をすませると、金岡《かなおか》課長を「話がある」と呼び出した。

「なんだ、高梨」

捜査会議の開催時間を一時間ほど遅らせてほしいと言い、どこと行き先を言わずに飛び出した高梨に帰ってきたと思った途端呼び出され、課長は不審そうな顔をして部屋へとついてきたのだが、高梨から被害者が清島《せいしま》代議士の息子であるという話を聞くと仰天した声を上げた。

「なんだと⁉　それは本当なのか？」

「わかりません。至急調べる必要があると思います。それから」

動揺する課長に高梨は、どうやら捜査情報が漏れていると思われるという報告をし、更に課長を仰天させた。

「どういうことだ？」

「こちらもようわかりません。ただ捜査一課の刑事が漏らしているわけやないと思います。

それにしては情報量が少なすぎる。どちらかというと一課の周辺……鑑識か、そのあたりやないかと思うんですが」

高梨はそう言うと、実は、と青柳《あおやぎ》探偵事務所での一問一答をあらいざらい報告した。

「青柳探偵事務所か……」

「どうやらワケアリのようではありますが、犯罪絡みではないようです。彼が被害者の身元を教えてくれたのですが、ニュースソースは明かしてはくれませんでした」

「ガイシャの身元はわかっているが、それを警察が突き止めたかはわからない。お前の嫁さんが事件になんらかのかかわりがあることは知っていても、どんなかかわりだかはわからない――確かに、情報源は捜査一課ではないな」

まあ、フェイクを入れられていたらわからんが、と金岡は唸《うな》ったあと、改めて高梨を見た。

「どうする？」

「まずは身元の確認でしょう。青柳の言うとおりガイシャが清島代議士の三男かどうか、それを確かめることにしましょう」

「そうだな」

そうしよう、と金岡は頷《うなず》いたあとに、「しかしなあ」と少し渋い顔をした。

「なんです？　課長」

「いや、いろいろと面倒なことにならんといいがと思ってな」

顔を顰《しか》めた金岡の言いたいことは、高梨にもよくわかった。もしも被害者が本当に清島代議士の息子だった場合、イギリス留学をしていたはずの息子が、白竜会《はくりゅうかい》のチンピラであったことが公になる。おそらく上から捜査に関し、圧力がかかることにもなろう、と金岡はそれを案じているのである。

だが高梨には金岡がそんな『圧力』に屈するような脆弱《ぜいじゃく》な男ではないとわかってもいた。

「ま、かかったときはかかったときですわ」

それゆえ、敢《あ》えて豪快に課長の不安を笑い飛ばしたのだが、金岡はきっちりと高梨の気持ちを汲み取り「まったくだ」と彼もまた豪快に笑ったのだった。

「あ、課長、捜査会議なんですけど」

金岡と高梨が二人して刑事部屋へと戻ると、困ったような顔をした竹中《たけなか》が駆け寄ってきた。

「なんや？　新宿西署がなんぞ言うてきたのか？」

所轄の中でもこのところ共に捜査に当たることが多く、関係も良好である西署に限って、それはないだろうと思いつつ問い返した高梨に、竹中が言いにくそうに口を開く。

「いえ、西署じゃないんです。さっき武内《たけうち》検事から連絡があり、本件を担当することになったので捜査会議に出席したいと連絡があったんです」

「……さよか」

高梨にしては間の抜けた相槌《あいづち》を打ったのは、それだけ彼が動揺したというその表れだった。

「どうする?」

金岡が眉を寄せ高梨に問いかけてくる。彼の言う『どうする』は、会議の席上で被害者の身元を明かすか否かという意味だと、高梨はすぐに察した。

「密告《タレコミ》があったことにするんはどうでしょう。ここで隠すと逆にあとあと面倒になる気がします」

「そうだな」

うん、と難しい顔で金岡が頷く。二人のやりとりを見ていた竹中が、

「あの?」

と問いかけてきたのを高梨は「あとでな」と軽く流すと、

「そしたら、これまでの捜査状況をざっと説明してくれるか?」

会議の準備のため逆に彼に問いを発したのだった。

捜査会議は定刻より五分ほど早く開始された。それだけ出席者の集まりがよかったということなのだが、久々に顔を合わせた新宿西署の納《おさめ》は、最も早く会議室に登場した武内検事の姿に目を丸くし、高梨のところへとやってきた。

「どういうことだ?」

「今日から配属やさかい、張り切ってるんとちゃう?」

当たり障りのない答えを返した高梨に、納が不審げな目を向ける。

「なんや？」

「いやあ、お前にしては突き放したような言い方だと思ってな」

付き合いの長さと、勘の鋭さから突っ込んできた納に、高梨は苦笑すると、

「さすがやねえ」

感心したわ、と納の肩を叩《たた》いた。

「なんだよ」

「実はちょっと、ワケアリなんや」

声を潜め問いかけてくる納に高梨もまた声を潜めて答えると、自分のことを噂していると気づいた武内が、じろ、と睨《にら》んできたのを察し「あとでな」と納の肩をまた叩いた。

会議の議長は今回、高梨ではなく課長の金岡が直々に担当することになっていた。いつもであれば高梨が任されることが多いのだが、武内検事が出席することがわかった直後、課長のほうから高梨に「今回は自分がやる」と言ってきたのだった。

「それでは現場の状況とこれまでの聞き込みの結果を、順番に報告してくれ。まずは竹中」

「はい」

金岡の指示に竹中が立ち上がり、事件の概要を説明し始めた。

「本日の午前七時、歌舞伎町で若い暴力団員風の男の遺体が発見されました。身元のわかるものは何も身につけていなかったため、今のところ被害者が誰であるかは不明です。遺体は

酷《ひど》く殴られたあとがあり、監察医によると、複数名に暴行を受けた上でナイフで刺し殺されたという見解でした。傷口は全部で八カ所、まさに嬲《なぶ》り殺しといった状況です」

「現場周辺を聞き込んだのですが、有益な情報は未《いま》だ入手できていません。現場の状況から見て、殺害されたのは別の場所である可能性が高いのですが、人目につかないとはとてもいえないような場所になぜ敢えて遺体を放置したのかが気になるところです」

竹中に続き、山田《やまだ》が挙手して報告すると、彼の横に座っていた納が挙手し、立ち上がった。

「被害者は暴力団員風の服装をしていたため、各組に該当者がいないか聞き込みをかけましたが、名乗り出た組織はありませんでした。マル暴の刑事にも写真を見せたのですが、新宿近辺ではそう見かけない顔のようです」

「被害者が覚醒剤を保持していたということは、まだ新宿西署には知らせていないのですか」

と、そのとき、やや高めのトーンの凜《りん》とした声が室内に響き渡ったのに、会議に出席していた刑事たちは皆驚き、声の主を——イレギュラーで出席している武内検事を見やった。

「これから説明するところでした」

金岡が咳払《せきばら》いし、不審げな表情を浮かべる新宿西署の刑事たちをぐるりと見渡したあとに喋《しゃべ》り始めた。

「被害者のポケットから、ごく微量ではありますが、覚醒剤が発見されたことは、皆さんもご存じかと思います。実はその後、本日の昼過ぎに昨日被害者と歌舞伎町の路上でぶつかった際、覚醒剤の包みを自分の荷物に混入させられたという届け出がありました。本件は偶然発覚したものですが、覚醒剤取引が絡んできているという可能性は大いにあると思われます」

「偶然発覚ってどういうことなんです？」

「ちょっと出来すぎてやしませんか？」

新宿西署の刑事たちが、口々に疑問を唱える。無理もない、と高梨は苦笑すると、

「ええですか？」

と挙手し、立ち上がった。

「ほんまに出来すぎた話や思います。ですが偶然であることは疑いようがありません。それより、先ほど被害者の身元につき密告がありました。その裏を至急とることが先決やと思います」

「密告？　一体どこからあったのです？」

高梨の言葉を、武内の厳しい声が遮る。

「わかりません。そやし、至急裏を取ることが必要なんですわ」

武内も高梨も、旧知の仲ということをまるで感じさせない態度を取っていた。

「誰ともわからない相手からの密告など、信憑性《しんぴょうせい》があるのですか」

武内が更に厳しい声を上げ、高梨を睨む。

「なんの手がかりもない現況では、たとえ信憑性が僅《わず》かであっても確認する必要があります」

高梨も武内に対し一歩も引かず答えると、二人の険悪な様子に首を傾《かし》げていた納をはじめ、他の刑事たちをぐるりと見渡したあとに、おそらく彼らを仰天させるであろうと思いつつ口を開いた。

「密告によると、被害者は清島和馬《かずま》——清島代議士の三男であるということです」

「清島代議士ってあの、清島代議士ですか？」

「入閣したこともある、あの清島代議士？」

高梨の発言に室内が一気にざわめく。

「それは本当なのですか？」

一段と高い声を張り上げたのは武内だった。その場で立ち上がり、身を乗り出して問いかけてきた彼へと高梨は視線を向けると、

「わかりません」

あっさりと答え、またも室内のざわめきを誘った。

「わからない？　まさか直接清島代議士に確認を取りに行こうなどと考えているわけじゃないでしょうね？」

ざわめきを突き破る武内の怒声が響く。

「そのつもりです」

「冗談じゃない！　情報源を聞かれたらなんと答えるつもりです？　誰ともわからない人間からの密告ですとでも言うつもりですか？」

「被害者がご子息か否か、ご本人に確認するのが一番早いでしょう」

「その密告が清島代議士に対する嫌がらせではないという保証がどこにあるのです？」

「そこまで清島代議士に気を遣う理由のほうが私にはわかりません。別に清島代議士が殺人犯だと言うとるわけやない、被害者がご子息やないかという疑いがある、いう話やないですか。被害者がほんまにご子息で、代議士がそれをご存じなかったとしたら、どないしますか？」

「先輩は代議士に『息子はヤクザになったのか？』と聞けるとでも言うんですか」

会議に出席している刑事たちがはらはらと見守る中、高梨と声高に言い合っていた武内の口から、興奮したあまり『先輩』というかつての呼び名が漏れた。

「聞けばええやないか」

高梨もつられ、語尾から丁寧語が外れたが、すぐに我に返り「失礼しました」と武内に軽く頭を下げた。

「…………」

それで武内も我に返ったようで、はっとした顔になると、

「信じられません」

吐き捨てるような口調でそう言い、すっと高梨から視線を逸《そ》らした。

「確かに、清島代議士ほどの大物には配慮が必要かもな」

見かねた金岡課長が二人の仲裁に入るべく、口を開いた。

「部長か本部長から働きかけてもらうというのではどうです？　先ほど高梨も言ってましたが、本当に被害者がご子息だった場合には、逆に一刻も早く知らせたほうがいいと思いますし」

「……そうですね……」

金岡の言葉には武内は先ほどのように激昂《げっこう》することなく素直に頷くと、

「よろしくお願いします」

改めて課長に対し、頭を下げた。

「公的には、ご子息はイギリス留学中ということになっているんだったな。ビザや出国記録を調べ、海外には出ていないということを確認してから動くことにしよう」

金岡は武内に会釈を返したあと、高梨へと視線を移し指示を出す。

「すぐ、調べます！」

と、高梨が答えるより前に竹中が立ち上がり、会議室を駆け出していった。

「清島代議士の息子か」

「身元が割れたら割れたで、面倒なことになりそうだな」

室内の刑事たちが囁《ささや》き合い、室内は相変わらずざわめいている。清島代議士の名はインパクトがあったが、それにしても会議を先に進めねば、と高梨が口を開きかけたとき、シャツのポケットに入れていた携帯が着信に震えたため、誰だ、と取り出しディスプレイを見た。

「すみません、ちょっと失礼します」

そこに浮かんだ名があまりにも意外だったため、高梨は慌てて金岡に退出を申し出ると、

「高梨？」

驚いた声を上げた課長の声を背に会議室を出た。

ドアを閉めながら応対に出る、その電話の向こうから聞こえてきたのは——。

「どないしたん？」

『あ、ごめん、今、大丈夫か？』

遠慮深く呼びかけてきたその声の主は、先ほど別れたばかりの最愛の恋人、田宮《たみや》だった。

「大丈夫やけど、どないしたん？」

心配のあまり鼓動が妙に高鳴るのを抑え込み、高梨が問いかける。というのも、気働きの鬼とも言われる田宮は、高梨の仕事を邪魔したくないと、滅多なことでは電話をかけてこないのである。

何か緊急事態だろうか。もしやまた、何者かに襲われたのか、と案じるあまり気が気でなくなった高梨の耳に、田宮の申し訳なさそうな声が響いてきた。

『ごめん、事件のことでひとつ思い出したことがあって、早く知らせたほうがいいんじゃないかと思って電話したんだ』

田宮本人が危機に直面しているわけではないとわかり、思わず高梨の口から安堵《あんど》の息が漏れる。が、すぐに彼は気を取り直すと、せっかくの田宮の好意を受け止めようと問い返した。

「何？　何を思いだしたん？」

『昨日、あの殺された人が俺に荷物拾ってくれて立ち去っていくとき、ちょうど電話がかかってきたんだ。電話に出たその人が相手に「エリカ、今どこにいるんだ」というようなことを喋っていたのを、今、思い出したんだけど……』

おそらく電話をかける前に田宮は、具体的、かつ簡潔に話をするにはどうしたらいいか、文章を頭の中でまとめていたらしい。すらすらとそこまで喋ったあと、

『会話の言葉はもしかしたらちょっと違うかもしれないけど、「エリカ」と呼びかけていたのは間違いないと思う』

そう言い足し、高梨の反応を待つように口を閉ざした。

「『エリカ』か……」

恋人だろうか、と高梨は考えながら、田宮に問いを発する。

「口調は親しげやった？」

『……多分。敬語ではなかったと思う』

「他には何か、言うてへんかった？」

『聞いたのはその一言だけなんだ。「今、どこにいる？」だか「どこにいるんだ？」だか……』

「相手の声は、さすがに聞こえんかったか」

『うん、ごめん』

街中で携帯の通話相手の声が聞こえるなど、相手がよほど大きな声で喋ってないかぎりあり得ないことであるのに、田宮は申し訳なさそうに詫《わ》びてきた。

「謝ることあらへんて」

慌てて高梨がフォローを入れ、「かんにん」と逆に田宮に謝罪する。

『良平《りょうへい》こそ、謝る必要ないだろ』

田宮はくすりと笑ったあと、『ああ、そうだ』とまた何か思い出したような声を出した。

『呼びかけるとき、「エリカァ」と、ちょっと語尾を延ばしてたような気がする。そういうところは「親しげ」だったかもしれないけど、何せ一言だったから……』

「せやね。その一言で判断せえっちゅう方が無理な話やな」

かんにん、と再び詫びる高梨に田宮が、

「だから、良平が謝ることじゃないだろ」

と先ほどと同じフォローを入れてくる。

『手がかりにもならないようなことかなとは思ったんだけど』

「いや、手がかりになるで。ありがとう」

高梨の言葉は社交辞令や、田宮を気遣ったものでは決してなかった。被害者の身元がわからない状態であれば、どこの誰ともわからない『エリカ』は探しようがなかっただろうが、もしも被害者が清島代議士の三男だった場合には、見つかる可能性は大きい。彼女の口から被害者の人となりや、殺害された理由など、引き出せる可能性もまた大だ、と高梨は大きく頷くと、明るい口調で田宮に再び礼を言った。

「ほんま、ありがとな」

『……また、何か思い出したら連絡するから』

田宮には、自分の提供した情報が、高梨に礼を言ってもらえるような、たいしたものではないという自覚があるらしく、申し訳なさそうにそう言うと、

『それじゃな』

と電話を切ろうとした。

「あ、ごろちゃん」

高梨が慌てて田宮を呼び止める。

『なに？』

「気ぃつけるんやで？　護衛はつけてあるけど、油断せんようにな？』

「うん、ありがとな」

高梨の声音から、どれだけ自分のことを心配しているかを察した田宮が、更に申し訳なさそうに礼を言う。申し訳なく思うことなど何もないというのに、と思ったが、それを指摘すれば更に彼は申し訳ながるのだろうと高梨は心の中で苦笑すると、

「ほんまにありがとう」

三度《みたび》礼を言ったあとに、小さな声で「愛してる」と言い足した。

「……俺も……」

田宮も照れた声で答えたが、引き延ばしては迷惑だと思ったのだろう、

「ごろちゃん」

と呼びかけた高梨に「それじゃあ」と挨拶し、電話を切った。

「……ほんま、ええ子やなぁ」

電話を切りながら高梨がしみじみと呟《つぶや》く。田宮が聞いたら『子じゃないだろ』と怒るだろうと思わず笑ってしまうと、

「よし」

高梨はそう気合いを入れ直し、今得た情報を皆に知らせるべく会議室へと引き返した。

「しかし、驚いたわ」

会議終了後、高梨はいつものとおり、所轄である新宿西署の刑事、納とペアを組み聞き込みへと向かうことになった。

覆面パトカーを運転しながら納が唸ったのは、事件に偶然田宮がかかわっていたことを高梨が彼に伝えたためだった。

「僕も驚いた。ごろちゃんも驚いてたけどな」

苦笑する高梨に納が「そりゃそうだろう」と相槌を打ったあとに、

「それにしても、なんだ、あの……」

と聞きづらそうに話を振ってくる。

「ああ、武内検事か？」

聞きたいのはコレだろうと高梨から話を振ったのは、『エリカ』の件を発表した際、武内が激昂しているとしかいいようのない態度を取ったためだった。

『誰の証言です？　その証言が信用できると、なぜわかるのですか！』

語気荒く言い捨てた武内の怒りに燃える目を思い出し、内心、やれやれ、と溜《た》め息《いき》をついていた高梨に、納が「ああ」と頷く。

「一体なんなんだ？　ワケアリっていうのは」

会議が始まる前の会話を持ち出してきた納に高梨は、武内が大学の後輩であることと、覚醒剤を届けにやってきた際の田宮とのやりとりを簡単に説明した。

「あいたたた……」

高梨の話を聞き、ハンドルを握りながら納が顔を顰める。

「どこぞ悪いんか？」

「あほか」

わかっていながらボケてみせた高梨にきっちりと突っ込んだあと、納は「あのなあ」と改めて高梨を見やり、口を開いた。

「世の中の人間、皆が皆、理解があるわけじゃないんだからよ」

「わかってる……つもりやったんやけどな」

忠告してくれる友の気持ちを有り難く思いつつ、高梨は肩を竦《すく》めてみせる。

「ただ、なんちゅうか……武内とは過去、信頼関係築いとった、思うてたさかいな」

「……まあ、なあ……」

高梨なりにショックを受けているということを、表情や声音から察した納が、言葉を選び選び喋り始める。

「敬愛している先輩なだけに、ショックだったのかもしれないが、まあ、お前が信頼関係、築けていたと思ってるような相手だったら、そのうちに理解示してくれるんじゃないのかね」

「……サメちゃん……」

これでもかというほどの気遣いを見せる納の言葉に、高梨の胸には熱いものが込み上げてきていた。

「おおきに」

「何しんみりしてんだよ。それより事件のこと考えようぜ」

熊のような己の外見に似合わぬ、細やかな気遣いをしたことが本人も照れくさいのか、ぶっきらぼうにそう言う納に高梨の感激は更に高まったのだが、納は礼を重ねるよりもこちらを望むであろうと、

「もう、惚《ほ》れてまうかもしれんわ」

敢えておちゃらけた言葉を口にすると、「よせやい」と顔を顰める彼に、わざとしなだれかかってみせた。

納と高梨が向かった先は、営業前の新宿二丁目のゲイバー『three friends』、店主が納の情報屋である店だった。

事前に連絡を入れておいたため店は開いており、カウベルを鳴らして店内に入る二人を、

店主のミトモが出迎えてくれた。

「あら、いらっしゃい」

ミトモは年齢不詳のオカマで、薄暗い店内で見ると外国人モデルのような彫りの深い綺麗な顔をしているものの、日の光の下で見るとその限りではないらしい。納は先輩刑事にミトモを紹介してもらったとのことだが、既に納とミトモの付き合いも五年を超えようとしていた。

「早い時間に悪いな」

納が片手でミトモを拝む。

「ホントよぅ。さっき寝たばっかりだって言うのにさ」

納に対しては口を尖《とが》らせたミトモだったが、その納の後ろから高梨が「どうも」と顔を出すと、彼の態度は百八十度変わった。

「あらあ、関西弁のセクスィーな刑事さんじゃないのぉ！」

声のトーンが軽く二オクターブは上がり、気怠《けだる》そうにみせていた身体がビシッと伸び、目が爛々《らんらん》と輝いてくる。

「お前なあ」

まったくもってわかりやすい、と溜め息をつく納を完全に無視し、ミトモは、

「座って座って」

と浮かれた声を上げると、高梨をほぼ強引にカウンター前のスツールへと座らせた。

「何か飲む？　勿論《もちろん》奢《おご》るから安心してね」

五年もの付き合いになるが、納は一度たりとてミトモに奢られたことがない。それどころか先輩のツケまで払わされそうになったことがあるというのに、と密《ひそ》かに溜め息をついた彼の前では、やたらと愛想のいいミトモが「どうぞお構いなく」と腰が引けている高梨にあれこれと世話を焼こうとしていた。

「勤務時間中にお酒はマズいわよね。ま、バレないとは思うんだけどさ。コーヒーでも淹《い》れましょうか。あ、それとも冷たいもののほうがいい？」

「ミトモ、あのな」

ともかく時間が惜しい、と納はミトモの注意を惹こうと声をかけたのだが、

「新宿サメには聞いてないわよ」

とぴしゃりと撥《は》ね付けられてしまった。

「飲み物の話はいいから、本題に入らせてくれ」

「ほんま、どうぞおかまいなく」

納の言葉には口を尖らせたミトモだったが、横から高梨が笑顔でそう言うと、

「ほんと、遠慮深いんだからあ」

またもにっこりと笑い、いらないと言っているのに高梨と、そして納の前にも――いやい

やであるのはミエミエであったが——ウーロン茶のグラスを置いた。

「すんません」

「いいのよう。せっかく来てくださったんだもの」

恐縮する高梨に、身を乗り出すようにして喋りかけるミトモの注意を納が再び喚起する。

「ミトモ、お前、清島代議士の三男の話、聞いたことないか？」

「清島代議士ってあの、ちょっと前に大臣にもなった？」

仕方なさそうに納の方を振り向いたミトモは、そう問い返したあと少し考える素振りをした。

「代議士本人の黒い噂はちらほら聞いたことがあるけど、息子は、そうねえ……長男がこの間、都議会議員に立候補して当選したんだっけ？　他に二人も息子がいたの？」

どうやらミトモの耳には届いていないようだ、と高梨と納は顔を見合わせると、今度は高梨が口を開いた。

「三男は公にはロンドン留学中となってるんですが、実は暴力団の——白竜会のチンピラやった、いう話があるんですわ」

「白竜会の？　それは初耳だわ」

ミトモの眉間に縦皺《たてじわ》が寄る。ミトモは、新宿で知らぬことはないと日頃豪語しているのだが、その言葉に誇張がないという自負を持っている。大物代議士の息子が新宿を根城にしている暴力団に紛れ込んでいたということを、噂にも聞いたことがなかったことが、彼のプライドをいたく傷つけたようだった。

「すぐに調べるわ。半日時間をちょうだい」

先ほどまでのデレデレした表情はどこへやら、凛々《りり》しさを感じさせる顔で短く答えると、

「他に知りたいことは？」と納と高梨の顔をそれぞれに見やった。

「その、三男の周辺に『エリカ』いう女性がおるそうなんやけど、彼女と連絡を取りたい、思うてます」

「エリカね」

わかった、と頷くミトモに高梨が心持ち顔を近づけ「実は」と囁く。

「今朝方、歌舞伎町で若いチンピラが殺されたんやけど、それがその三男や、いう疑いがあるんですわ」

「え？　嬲り殺しにされたっていうあの若いチンピラが？」

まだ事件については、一切報道されていないというのに、さすがは情報屋といおうか、ミトモは当該の殺人事件については知っていた。

「リンチにあったようだったって噂よね。あれが清島代議士の三男なの？」

「と、言われてますが、確証はまだありません」

高梨の答えにミトモが「そう」と頷く。

「もうひとつ」

高梨は再びミトモに顔を寄せると、耳元でこそ、と捜査上の秘密を囁いた。

「事件には覚醒剤取引が絡んどる、いう可能性があります」

「ああ、白竜会なら、覚醒剤絡みかもね」

ミトモもまた小さな声になり、顔を近く寄せてきた納と高梨に向かい説明を始めた。

「白竜会が海外から大量のシャブを仕入れたって情報が入ってるのよ。末端価格にして十億はくだらないって。大々的に覚醒剤市場に参入してくるらしいって話だったわ。どこかの大企業を取り込んだらしく、そこから金が入ってくるんですって」

「ついで、言うたらなんやけど、その件についても調べてもらえませんか」

高梨の要請にミトモが「任せて」とにっこり笑って頷く。

「気をつけろ、高梨。別料金だぞ」

横からそう言う納をミトモはじろりと睨んだあと、高梨へと向き直り更に顔を寄せてきた。

「高梨さんなら、サービスしちゃうから安心して。エッチ一回でタダにしてもいいわ」

「おい、ミトモ、いい加減にしろよ」

満更冗談とは思えないミトモの色気たっぷりの所作に、納が注意を与える。

「うるさいわねえ」

そんな納には顔を顰めたミトモだったが、続く高梨の言葉に彼の顔はこれ以上なく、でれでれとした笑みに綻《ほころ》ぶことになった。

「ミトモさん、そない、自分を安う売るもんやありません」

「いやーん、高梨さん、なんて優しいのお」

比喩《ひゆ》でなく目がハート形になったミトモが、へなへなとカウンターに崩れ落ちる。

「そしたら、頼みますわ」

「頼んだぜ、ミトモ」

その隙《すき》に——というわけでもないのだが、高梨と納はスツールから立ち上がった。

「ああ、せっかく入れてくれたんやから」

立ち去りかけた高梨が、目の前に置かれたウーロン茶をイッキ飲みする。

「いやーん」

そんな高梨の行為がまたもミトモの目をハート形にする、その様を、横で同じようにウーロン茶を飲んでいた納は眺めながら、やれやれ、と心の中で肩を竦めたのだった。

6

ミトモの店を出たあと高梨と納は新宿で聞き込みを続けたが、これといった成果を得ることはできなかった。

課長にその旨連絡を入れた際、金岡から高梨に『今日はそのまま帰ってよし』という許可が下りた。

「しかし」

『明日から身動きとれんくらいに忙しくなるだろうからな。今日はいろいろあったから、一度戻って嫁さんの様子を見て来いや』

自分ばかりが帰らせてもらうのは悪い、と申し出を固持しようとした高梨に、金岡は実に愛情溢《あふ》れる気遣いを見せ、高梨をますます恐縮させた。

「ほんま、すんません」

『おう、それじゃまた明日な』

頭を下げ、電話を切ると高梨は田宮のアパートに電話を入れたのだが、まだ帰宅していないのか応対には出なかった。それなら、と携帯にかけてみたが、移動中なのか留守番電話サービスに繋《つな》がった。

何事もなければいいのだが、と案じつつ高梨は納に事情を話し、「よかったじゃないか」と肩を叩いてくれた彼と、その場で別れ帰路についた。何度か田宮の携帯に連絡を入れたが繋がらない。心配しながら帰り着いたアパートの電気は消えていて、高梨の心配を煽《あお》った。

もう一度かけてみよう、と高梨が内ポケットから携帯を取り出したそのとき、彼方から聞き覚えのある声が――しかも声高に争い合う声が響いてきたのに、高梨ははっとして顔を上げ身構えた。

「……なんや」

前方からこちらへと向かってくる二人の人影を見た途端、高梨の口から安堵の息が漏れる。その頃にはもう、二人の喋っている内容までもが聞き取れるようになっていた。

「もういいよ。帰れって」

「いや、無事に部屋の中に入るまで見届けないと心配で眠れません」

「何言ってんだよ。お前だって危険なんだぞ？　わかってんのか？」

「僕の身なんかより、田宮さんの安全のほうが大切です」

「お前なあっ」

近所迷惑と言われかねない大声を張り上げているのは、田宮と富岡だった。二人の様子から、どうやら富岡が田宮の身を心配して強引に送ってきたらしいと高梨は察し、言い争うのに夢中で前方不注意になっている二人へと駆け寄っていった。

「あ！」

「あれ」

気配に気づいた田宮と富岡が、二人して驚きの声を上げる。

「ごろちゃん」

高梨は笑顔で呼びかけると、やはり笑顔になった田宮の身体《からだ》をぎゅっとその胸に抱き寄せた。

「おかえり、ごろちゃん」

「ちょ、ちょっと、良平！」

むぎゅ、と音が出るほど強く抱き締められ、田宮が慌てて身体を離そうとする。

「……どうも、こんばんは」

高梨の強引な抱擁は、自分に対する当てつけだと理解している富岡が、ひきつる笑顔を向けてきた。

「ああ、富岡さん、今日はご足労おかけしまして、申し訳ありませんでしたな」

田宮を強引に抱き締め続けながら、高梨もわざとらしい笑顔で富岡を労《ねぎら》う。

「いやあ、田宮さんを守るのは僕の仕事ですから。何せ僕は朝から晩までずっと田宮さんと同じ空間で同じ空気を吸っていますんでね」

「富岡さん、毎回毎回、同じこと言うて、よう飽きませんなあ。そういうの、なんちゅうか知ってます？　ワンパターン言うんですよ」

「知ってますよ。ワンパターン、いいじゃないですか。僕と田宮さんとの会社生活は、毎日毎日、それこそ半永久的に繰り返されるんですから。一生のうち、ほとんど同じ時間を田宮さんと過ごせる僕はほんとに幸せだなあ」

「半永久的言うても、会社には転勤っちゅうもんがありますなあ。ああ、商社やったら海外駐在いうんもあるんちゃいますか？」

「ご心配いただきありがとうございます。ですが僕もそこそこ優秀なものでね、意に染まない転勤や駐在を申し渡された場合も、会社を辞めると脅せばおそらく……」

「富岡、お前、いい加減にしろ！　良平も手、離せよ」

路上でいつまでも引き攣《つ》った笑みを浮かべ張り合い続ける富岡と高梨に、田宮が怒声を張り上げる。

「せやかて」

「だって」

なんとか高梨の腕から逃れた田宮に、二人が同時に言い訳を始める、それを田宮は男らしくきっぱりと切り捨てた。

「富岡、転勤や駐在を断れるわけないだろ？　良平！　良平こそ毎度毎度ワンパターンじゃないかっ」

　田宮に怒鳴りつけられ、富岡と高梨が同時にしゅんとなる。と、そのときちょうど三人が前に立っていたアパートの二階の窓ががらりと開き、「うるさいわよ！」という女性の怒声が響いたのに、二人ばかりでなく田宮もしゅんとなり、慌てて「すみません」とその女性に謝った。

　田宮の謝罪を聞かずに再び窓が物凄《ものすご》い勢いで閉められる。

「かんにん、ここが往来やて忘れてたわ」

「ちょっと騒ぎすぎましたね、田宮さん、すみません」

　高梨と富岡は、それぞれに田宮に対して詫びたあと、じろ、とまたお互いを睨み付けた。

「まったく、警視のくせにおとなげないんだから」

「そっちこそ、すぐ張り合うんやから。ガキやねえ」

「だからいい加減にしろって」

　いつまでやってるんだ、といがみ合う二人に田宮は潜めた声で注意を促すと、

「帰る」

　一人すたすたとアパートへと向かっていった。

「ごろちゃん、待ってや」

「田宮さん」

慌てて二人が田宮のあとを追う。そのまま田宮はアパートの外付けの階段を駆け上り始めたのだが、ふと何かおもいついたように足を止めると、くるりと振り返り、再び階段を駆け下りてきた。

「ごろちゃん」

「田宮さん」

厳しい表情のまま戻ってきた田宮に、高梨と富岡がそれぞれおずおずと声をかける。

「送ってもらった礼を言わないとと思って」

ぶすっとしたままではあったが、田宮は富岡に向かってそう言うと、「悪いな」と丁寧に頭を下げた。

「あ……」

富岡も、そして高梨も田宮を前に唖然《あぜん》としていたが、富岡はすぐに我に返ったようで、

「気にしないでください。僕が好きでしたことですから」

苦笑するように笑うと、「それじゃ」と田宮と高梨、それぞれに軽く頭を下げ、踵《きびす》を返しかけた。

「気をつけろよ？　タクシーで帰ったほうがいいんじゃないか？」

心配し、背中に声をかける田宮を富岡が肩越しに振り返る。

「大丈夫です……と言えば田宮さんの心労になりそうですから、環七でタクシー捕まえるこ

とにします」

「……ああ」

複雑な表情で頷く田宮の横から、高梨が「気ぃつけてください」と声をかける。富岡は一瞬、なんともいえない顔をして高梨を見たが、やがてにやりと笑い口を開いた。

「気をつけますよ。明日も『田宮さんとの』楽しい会社ライフが待ってますからね」

それじゃ、と右手を上げたあと、富岡が駆け出していく。彼の後ろ姿を見送っていた田宮は、高梨に肩を抱かれて我に返った顔になった。

「ごろちゃん、ほんま、かんにんな」

一瞬にしてバツの悪そうな表情となった田宮の顔を高梨が覗《のぞ》き込み、謝罪する。田宮はそんな高梨に対し、何か口を開きかけたが、すぐに少し困ったような顔で笑うと、「部屋、入ろうか」と彼を誘った。


「おかえりアンドただいまのちゅう、やね」

アパートの鍵を開け、室内へと数歩踏み込むと高梨は、振り返って自分に続き部屋に入ってきた田宮の身体を抱き締め、唇を寄せた。

「今日は泊まり込みになるんじゃないかと思ってた」

高梨の胸に身体を預け、田宮もまた唇を寄せながら問いかけてくる。

「明日から身動きとれへんくらい忙しくなるさかい、今日はゆっくり休め、て課長が帰してくれたんよ」

高梨の答えを聞き、田宮はほっとした表情になると「そっか」と微笑《ほほえ》み目を閉じた。

「ん……」

玄関先で抱き合い、唇を重ねる二人の手が、互いの背にしっかりと回る。きつく舌を絡ませ合い、貪《むさぼ》るようなくちづけを交わしていた二人は、ほぼ同時に目を開き、目が合ったことに堪《たま》らず噴き出した。

「なんや、ごろちゃん」

「良平こそ」

何か言うべきことがあったから、くちづけを中断しようと目を開いたのだろうと相手の気持ちがわかるだけに、そうして譲り合ったあと、またも二人して噴き出し互いの背から腕を解《ほど》いた。

「立ち話もなんやから、上がろか」

「うん」

頷き、靴を脱ぎながら田宮が高梨に問いかける。

「良平、メシは？」

「食べてへん。ごろちゃんは？」

「俺は残業前に軽く食べてきた」

そう言い、田宮が申し訳なさそうな顔になったのに気づき、高梨はぽん、と彼の頭に右手を載せた。

「僕が泊まりやと思うたからやろ？　気にせんでええよ」

「何か、作るから」

田宮がなおも申し訳なさそうな顔でそう言い、靴を脱ぎ捨ててキッチンへと向かおうとする。その腕を高梨は摑《つか》んで足を止めさせると、彼もまた靴を脱ぎ田宮に並んだ。

「メシはあとでお茶漬けでもなんでもして食べるさかい、それより前に、ごろちゃん、ちょっと話そか」

「え？」

なに、と目を見開いた田宮の腕を引き、高梨は彼をダイニングのテーブルへと導くと、椅子を引いて座らせ、自分も席に着いた。

「ごろちゃん、今日はほんま、ごめんな」

「何が？」

きょとんとした顔になった田宮は、高梨の謝罪にまるで心当たりがないように見えたが、高梨が続けて「嫌な思いさせてもうて」と言うと、アレか、と気づいたような表情になった。

「いや、俺こそ、いろいろ世話かけてごめんな」

田宮はおそらく『気づいた』だろうに、自分が言い出すより前はわざと知らん顔をする。そこまで気を遣わなくてもいいのだ、と言ってやりたいが、言えば言ったで気にするだろうと、高梨もまた敢えて気づかぬふりをし、先ほどの謝罪の意味を説明し始めた。

「武内検事のことや。ほんま、嫌な思いさせて悪かったわ」

「別に嫌な思いなんてしてないよ。あの人の言うことはもっともだと思ったし」

気にしてないし、気にしなくていい、と微笑む田宮に高梨は「ごめんな」と再度謝ったあと、またも気にしなくていいって、と言いかけた田宮の言葉を遮り、武内がなぜそうもキツい態度を取ったのか、その説明を始めた。

「武内は僕の大学の後輩なんや。ゼミも柔道部も一緒でな、僕によう懐いてたんやけど、真《ま》面《じ》目《め》で一本気な性格やさかい、なんちゅうか……」

ここで高梨が、言葉を探し一瞬口を閉ざす。真面目で一本気ゆえ、男同士の関係が許せないというのは、これだけ真面目に田宮のことを考えている自分の気持ちにそぐわない、という高梨の心は田宮にはすぐに伝わったようだった。

「俺らの周りの人が、温かく受け入れてくれているから忘れがちだけど、やっぱり男同士って普通じゃないしさ。それであの武内さんって人は、ショック受けたんじゃないかと思うよ。

良平によく懐いてたんだったら、尚更ショックだったんじゃないかな」

「ごろちゃん……」

明るい口調で話す田宮の名を、高梨が呼び、立ち上がる。

「いつか、わかってもらえるといいよな」

じっと己を見つめ、そう告げた田宮へと歩み寄っていくと高梨は、立ち上がった田宮の背に両手を回し、華奢《きゃしゃ》な身体を力一杯抱き締めた。

「せやね」

「良平が可愛がっていた後輩だったら、きっとわかってくれると思うし」

高梨の胸に顔を埋《うず》めながら田宮が熱く囁く。

「僕もそう思うわ」

思いやりをこれでもかというほどに感じさせる田宮の背を高梨は尚も強い力で抱き締めると、「ありがとな」と耳元に囁き、身体を離した。

「……良平？」

潤んだ目をした田宮が、戸惑ったように問いかけてくる。このまま行為へと雪崩《なだれ》込むと思っていたのだろう、少し拍子抜けしたようなその表情を見た高梨の内に欲情の焔《ほむら》が立ち上る。

「……今日はごろちゃんを労《いたわ》らならん、思うてたんやけど」

「え？」

ぼそ、と呟いた声が聞こえなかったのか、田宮が小首を傾《かし》げるようにして問い返してくる。

あまりにも可愛らしいその仕草に高梨の欲情は更に煽られ、我慢がきかなくなった。

「かんにん」

「なに？」

ぼそりと、聞こえないような声で謝ったかと思うと、問い返してきた田宮の身体をその場で抱き上げ、ベッドへと向かう。

「良平、メシは？」

「あとで食べるわ」

慌てた声を上げながらもしがみついてきた田宮の身体を抱き直すと、高梨は大股《おおまた》でベッドへと向かい、ゆっくりと田宮をシーツの上へと下ろした。

「メシ、ちゃんと食わないと……」

「わかってるて」

高梨の身体を慮《おもんぱか》り、起き上がって食事の支度をしようとする田宮を体重で押さえ込むと、手早く服を剝《は》ぎ取っていく。

田宮を全裸にしたあと自分も全裸になった高梨の股間を——すっかり勃《た》ち上がっている雄を見て、田宮は高梨が今、最も欲しているモノを察したらしい。

「……少しは我慢ってもんを覚えたほうが……」

やれやれ、というように溜め息をついた彼に、

「ほんま、自分でもそない思うわ」

高梨は苦笑しながら答えると、田宮の首筋に顔を埋め白い肌を吸い上げた。

「ん……」

同時に田宮の胸へと掌《てのひら》を滑らせ、乳首を擦り上げる。びく、と田宮の身体が震え唇から抑えた声が漏れたのに、高梨はよし、と頷くと、唇を首筋から胸へと滑らせ、弄《いじ》っていないほうの乳首を長く出した舌でゆっくりと舐《な》め上げた。

「や……」

もう片方を指先で摘《つま》み上げてやりながら、執拗《しつよう》に胸を舐《ねぶ》り始める。舌先で転がし、ときに強く吸い上げ、軽く歯を立ててやる。感じやすい体質をしている田宮であるが、胸への愛撫《あいぶ》にはことに弱いということは勿論高梨の知るところであり、どちらかというと乱暴な刺激のほうを好むこともまた、彼は熟知していた。

「あっ……はぁっ……あっ……」

指先で乳首をきゅっと抓《つね》り上げ、もう片方を強く噛《か》む。びく、と身体を強張らせたところを、今度は舌で舐め上げ、音を立てて肌を強く吸い上げながら、指先ではつんと勃ち上がった乳首を強く弾《はじ》いてやる。間断なく両胸を攻められるうちに、田宮の唇から漏れる声は高く

なり、シーツの上で腰を捩《よじ》る回数が増していった。

「やっ……もうっ……あっ……」

いやいやをするように首を横に振るのは、田宮の意識が快楽に塗《まみ》れ朦朧《もうろう》としてきたときの癖《くせ》だった。無意識のうちに彼の両脚が次第に開き始め、淫《みだ》らに腰が捩れる。慎み深い田宮は、意識がはっきりとしているときには、このように自ら誘う仕草をすることはない。恥じらいを忘れたその所作は高梨の欲情をますます煽り、我慢できない、と彼は田宮の胸から下肢へと唇を滑らせていった。

「やっ……やだ……っ……」

開きかけていた両脚の腿《もも》のあたりを摑み、更に大きく脚を開かせる。一瞬意識が醒《さ》めかけた田宮は恥じらいの声を上げたが、そこへ顔を埋めた高梨が勃ちかけた雄を口へと含んだのに、またも彼の意識は悦楽の淵《ふち》へと呑《の》み込まれていったようだった。

「やっ……あぁっ……あっ……あっ……」

巧みな口淫を続けながら、指を後ろへと挿入させる。ぐい、と高梨が中を抉《えぐ》ると田宮は背を仰《の》け反《ぞ》らせ、白い喉《のど》を露《あら》わにして快楽に喘《あえ》いだ。

「あっ……あぁっ……あっあっ……あっ」

高梨の口の中で田宮の雄はすっかり勃ちきり、苦みのある透明な液を先端に滲《にじ》ませている。先端のくびれた部分を舌で刺激してやりながら、後ろに挿《い》れる指の本数を二本に増やし、入

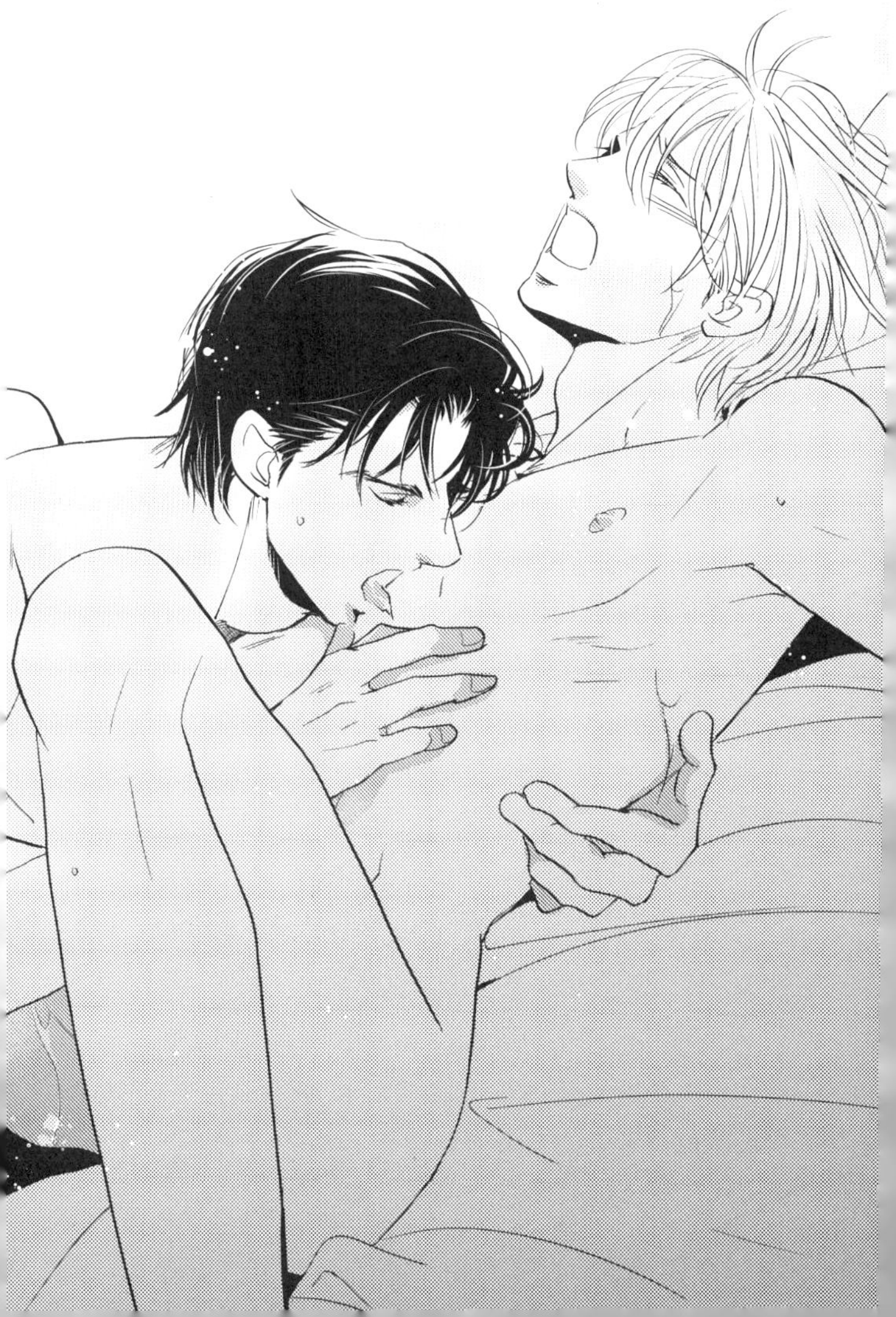

り口近いところにある前立腺を攻め立てると、田宮はまた例の、いやいやをするように首を横にふる素振りをし、もどかしげに腰を揺すってみせた。

「…………」

たまらんね、と高梨は心の中で呟くと、口から田宮を離し、指を後ろから引き抜く。

「やっ……」

ひくつく後ろの動きに悩ましげな声を上げた田宮の両脚を、高梨は身体を起こして抱え上げ、露わにした後孔へと痛いほどに勃ちきっていた己の雄をねじ込んでいった。

「あぁっ……」

一気に奥まで貫いたあとに、汗で滑る田宮の脚を抱え直し、すぐに腰の律動を開始する。勢いのある突き上げに、高梨の下で田宮の身体は大きく撓《しな》り、上がる嬌声《きょうせい》は高くなっていった。

「あぁっ……もうっ……もうっ……あぁっ……」

普段の田宮の声音や喋り方は、可愛い顔に似合わぬ男らしくも凜々しいものなのだが、快楽に喘ぐ彼の声は少し掠《かす》れた、この上ない色気が滲み出たものとなる。その声は高梨の動きをますます欲望に忠実にさせ、パンパンと高い音が立つほどに田宮を勢いよく突き上げていたのだが、やがて喘ぎ疲れた田宮が苦しげな顔になるとはっと我に返り、二人の腹の間で爆発しそうになっていた雄を握り、一気に扱《しご》き上げた。

「あーっ」

一段と高い声を上げ、田宮が高梨の手の中に白濁した液を飛ばす。

「……くっ……」

射精を受け、激しく収縮する後ろの動きに高梨も我慢できずに達し、田宮の中にこれでもかというほどの精を注いだ。

「……ごろちゃん……」

はあはあと息を乱す田宮の、苦しげな息遣いを案じ、高梨が顔を見下ろす。

「…………」

高梨の心配が伝わったのか、息苦しそうではあったが田宮は高梨に向かいにっこりと微笑んでみせた。

「愛してるよ」

彼の笑顔に自分への温かな思いやりを感じ取る高梨の口から、ごく自然に愛の言葉が零《こぼ》れ落ちる。

「……俺も……」

その言葉を聞き、田宮は心の底から幸せそうな顔で微笑むと、未だ整わない息の下、声を絞り出すようにして答えてくる。

「……ごろちゃん……」

この世にこうも愛しい存在が他にあろうかと、感極まった思いを抱きつつ高梨はそんな田宮を抱き締めると、彼の頬《ほお》に、額に、こめかみに、熱い思いそのままの熱い唇を押し当て続けた。

「しかしごろちゃん、びっくりしたやろ」

結局あれから二度、三度と互いに達したあと、高梨はそのまま田宮を抱いて眠ろうとしたのだが、消耗しきった田宮に『メシは食べないとダメだ』と強要され、食卓についていた。

夕食の支度をしようとする田宮を、「大丈夫や」と押しとどめ、高梨は帰宅時に言ったとおり、自分で用意したお茶漬けを啜《すす》りながら、一人で食卓につかせるのは気の毒だ、と無理をして起き出し、向かいの席に座っていた田宮にしみじみと問いかけた。

「うん、やっぱりね……」

驚いた、と田宮がなかなかに複雑な顔をし頷いてみせる。

「鞄《かばん》に覚醒剤は入っとるわ、その覚醒剤を紛れ込ませたと思《おぼ》しき男は殺されとるわ……」

高梨がそう言うのに田宮は「まあね」と頷いたあと、はあ、と抑えた溜め息をついた。

「疲れた?」

「……うーん」

何か言いたいことがあるのに言い出せずにいる、というニュアンスを感じた高梨は、大急ぎでお茶漬けを流し込んだあと、タン、と音を立てて茶碗を机の上へと下ろし口を開いた。

「なんぞ、心配なことでもあるんかな？」

「心配っていうか……まあ、心配っていえば心配なんだけど……」

言い淀むところを見ると、武内のことか、それとも雪下《ゆきした》のことだろうか、と高梨はじっと田宮を見つめる。

自身もチンピラに絡まれるなど危険な目に遭っているというのに、どうして彼はこうも人を——自分を思いやることができるのだろう、と思いながら見つめ続けていると、

「なに、見てるんだよ」

田宮は少し照れた顔になり、すっと目を逸らしてぶっきらぼうに呟いた。

「いや、見れば見るほど可愛いなあ、思うて」

「馬鹿じゃないか」

心の内をストレートに伝えれば、ますます照れるだろうなと思いふざけた高梨に、田宮もまたふざけて彼を睨む。

「ほんまやて」

「男が可愛いわけないだろ」

まったく、と高梨の食べ終わった茶碗を手に立ち上がろうとする田宮の腕を捉えると、高梨はぎゅっと握りしめにっこり笑いかけた。

「僕のことなら、心配せんでも大丈夫やで」

「…………」

田宮はまた何かを言いかけたが、思い直したのか何も言わず、ぎゅっと高梨の手を握り直し微笑み返す。

「それより、ごろちゃんの身の安全が心配や。なんぞあったらすぐに連絡入れてな？」

「俺こそ大丈夫だよ」

ちゃんと気をつけているし、と頷く彼の手を、高梨は更に強い力で握った。

「愛してるよ」

「うん。俺も」

「せやから、ほんまに気をつけてな？」

愛しているがゆえに危険な目には遭わせたくないのだ、という高梨の言葉を聞き、擽《くすぐ》ったそうな顔になりながらも田宮は「うん」と頷くと、

「良平こそ、気をつけてな？」

尚も高梨を気遣う言葉を口にし、高梨の胸を熱くさせたのだった。

7

翌朝、休息充分で捜査一課に戻った高梨は、金岡課長より早くも捜査にストップがかかったと聞かされ驚いて問い返した。

「どういうことです？」

「それがな……」

金岡課長が渋い顔をして語ったところによると、清島代議士の三男の出国記録の調査依頼を出した直後に、犯人が自首をしてきたのだという。

「被害者は清島代議士の三男、清島和馬に間違いない。代議士側から上層部に連絡があった。親子の縁は切っているが、マスコミに情報が流れることがないようにと申し渡しがあったそうだよ」

「できすぎてますな」

眉を顰《ひそ》めた高梨に課長は「ああ」と頷くとぼそりと、

「やはり情報が漏れてるのかもしれんな」

そう呟き、肩を竦めた。

「自首してきたんは？」

「白竜会だ。身代わりではなく加害者の一人ではあるようで、供述に矛盾はない。早々に送致するようにという指示がさっき部長から出た」

「覚醒剤についてはどうなんです？」

高梨の問いに金岡はますます顔を顰め、その顔を寄せて低く囁いてきた。

「スルーするようにとのことだ」

「なぜです？　覚醒剤絡みやないんですか」

思わず声を荒らげた高梨に、金岡は苦虫を嚙みつぶした顔になる。

「自首してきたチンピラ曰く、清島を殺したのは彼が気にくわなかったからで、覚醒剤を所持していることなど知らなかったと。要は動機は個人的なことで、組は殺人事件にも覚醒剤取引にも一切関知していないというスタンスを貫くつもりらしい」

「その解決を上層部も推奨しとると……そういうわけですね」

怒りを抑えた高梨の声に、金岡もまた、怒りに燃える目をして「ああ」と頷いた。

「……納得できませんな」

「俺もだ。だが事件自体はこれで解決と見なければならんだろう」

金岡は顔を顰めたままそう言うと、「そやし」と言いかけた高梨を遮り口を開いた。

「覚醒剤の入手経路を捜査することになれば、今度はガイシャにシャブを売ったというチンピラが出頭してくるだろうしな」

「切り口を変えても無駄、いうことですか」

金岡と高梨、二人して唸ったそのとき、高梨の携帯が着信に震えた。

「すみません」

金岡に断りディスプレイを見た高梨は「サメちゃんや」とひとりごちると、すぐさま応対に出た。

「サメちゃん、どないしたん？」

『ああ、高梨、大変なことがわかった。ちょっと来て貰いたいんだが、動けるか？』

「……わかった、すぐ行くわ」

どうやら所轄にはまだ、捜査の打ち切りが濃厚であるという連絡はいっていないようだ、と高梨は内心溜め息をつきつつ頷くと、新宿駅西口の交番で待ち合わせようという納の言葉に頷き電話を切った。

「納刑事か。なんだって？」

「詳しいことは何も。大変なことがわかった、いうだけで。ちょっと行ってきますわ」

「……そうか」

金岡もまた、高梨と同じことを考えたらしく、やりきれないような顔で頷くと「よろしく伝えてくれ」と高梨の肩を叩いた。

「おう、高梨、悪いな」

ＪＲ新宿駅西口の地下にある交番の前で、納は高梨が来るのを待っていた。

「遅うなってすまん」

「遅くないぜ」

笑って首を横に振った納だが、高梨が浮かない表情でいることにすぐ気づいたようで「どうした」と顔を覗き込んできた。

「あとで話すわ。それより、大変なこと言うんは？」

すぐにも話したほうがいいのだろうが、まずは納の話を聞こうと高梨が話題を振ると、

「まあ、ちょっと来てくれ」

納は高梨の先に立ち、地下駐車場へと向かって歩き始めた。

「交番ちゃうんか？」

「ああ、俺みたいな図体のでかいのは邪魔だと、早々に追い出されちまったんだよ」

こっちだ、と高梨を導きながら、納が答える。

「大変なことというんは、今回の事件絡みか？」

「ああ。今回ばかりはミトモ様々だ」

「え？」

わけがわからない、と高梨が首を傾げたときに、二人は納の乗ってきたらしい覆面パトカ

ーへと到着した。

「後ろ、乗ってくれ」

俺は前に乗る、と助手席のドアを開きながら、納が高梨を振り返る。

「わかった」

頷き後部シートのドアを開いた高梨の目に、シートに座る『先客』が飛び込んできた。

「……どうも……」

高梨に向かいぺこりと頭を下げてきたのは、まだ若い男だった。声が高く華奢な身体をしているために、高梨は一瞬性別を疑ったが、骨張った体格や喉仏から男と判断することができた。

それまで泣いてでもいたのか、腫《は》れた目をしている。どうしたのだろうと顔を覗き込もうとした彼に、運転席から納とはよくペアを組んでいる新宿西署の刑事、橋本《はしもと》が声をかけてきた。

「高梨警視、お疲れさまです」

自称『納の恋女房』――『恋』は勿論冗談である――である彼は、かつてアイドル事務所からスカウトされたという過去を持つと自称する、優しい顔立ちをした好青年である。

「橋本さん、お疲れさまです」

笑顔を向けた高梨に橋本は会釈を返したあと、ちら、と後部シートの青年を見やり彼を紹介してくれた。

「こちら、襟川諭《えりかわさとし》君。襟川君、さっきの話、こちらの刑事さんにもう一度してもらえないかな」

「……はい……」

襟川という青年は、おずおずとした目を高梨に向けると「なに？」と微笑んだ彼に対しぼそぼそ話し始めた。

「あの、今朝帰宅したら、家が物凄いことになってて……何もかもがぐちゃぐちゃで、それで驚いて交番に届けたんです」

「……それは大変やったね」

そう相槌を打ったものの、この話がなぜ『大変なこと』なのかがわからない。

「……う……」

内心首を傾げつつも、いたわりの言葉をかけた高梨の横で、襟川は喉に何か詰まったような声を上げたあと、ぼろぼろと涙を零し、高梨をぎょっとさせた。

「どないしたん？　大丈夫か？」

「う……うう……」

両手に顔を伏せ、泣きじゃくる襟川の肩に手を置き、高梨が顔を覗き込む。

「ああ、やっぱり無理だったか」

と、助手席から納が、小さく呟くと、「橋本、あとは頼んだ」と呼びかけ、高梨を振り返った。

「悪い、外で話そう」

「……ああ」

何がなんだかわからないながらも車を降り、納のあとに続いて駐車場の入り口へと向かう。

「彼が『大変なこと』の情報源なんやろ？」

入り口においてあるベンチに腰を下ろし、問いかけた高梨に、隣に腰を下ろした納は、

「ああ」と頷くと、身を乗り出し話し始めた。

「さっき本人も話していたが、今朝帰宅したところ、部屋が酷く荒らされていたそうだ。身の危険を感じていた彼が相談した相手がミトモで、ミトモが俺の名前を出し、何かあったら頼りにするようにと言ってくれたおかげで連絡を貰ったんだが……」

「『身の危険』？　部屋を荒らされる心当たりがあったと？」

気が急《せ》いてしまい、話の腰を折った高梨に、納が顔を近く寄せ、低く囁く。

「彼、ガイシャの友人で、ガイシャに——清島和馬に頼まれて、ある写真を清島代議士の事務所に届けにいったそうなんだよ」

「なんやて!?」

納が『大変なこと』というからには、まさしく『大変』なのだろうと思ってはいたが、こ

こまでとは予測していなかった、と大きな声を上げた高梨は続いて、

「あ！」

とまた大声を上げた。

「どうした？」

眉を顰めた納に「あとで言うわ」と答えると「それで？」と話の続きを促す。

「最初から説明すると、あの襟川君、昨日は恋人と一泊旅行だったそうでな、温泉に行って帰ってきてみると部屋が酷く荒らされている。友人の清島和馬に連絡を入れたがつかまらない――まあ、その頃彼は死んでたからつかまるわけもないんだが、それでミトモに相談し、ミトモから和馬が死んだと聞いて、恐ろしくなって、それで交番に届け出た、というわけだ」

「……なるほど……」

彼が泣いていたのは恐怖からか、はたまた友人を亡くした悲しみからか、と襟川の涙を思い起こしていた高梨の耳に、話を続ける納の声が響く。

「襟川は清島和馬が、清島代議士の息子であることも知っていた。和馬から渡された写真も見たそうだ。代議士が誰かスーツ姿の男に金を渡されているだか渡しているだか、そんな場面を隠し撮りしたものだったとか。ネガも入っていたと言っていた。部屋を荒らされたのは、焼き増ししたその写真をまだ持っていると思われたのではないかと本人は言っている。なん

でも、代議士の秘書に何度も確認されたかららしい」

「その上、和馬君まで死んだとわかったら、次は自分の番やもしれんと思うた、いうことか」

高梨の相槌に納が「まあ、そうだろう」と頷き、彼を見る。先ほど高梨が大声を上げた、その理由を聞きたいのだろうと高梨は察し、おそらく彼も『あ』と言うだろうと思いつつ話してやった。

「ガイシャが電話で呼びかけていた『エリカ』、女やのうてあの襟川君のことやったんちゃう？」

「ああ、そうか！　そこは気づかなかったぜ」

予想どおり、驚きの声を上げた納に高梨は改めて問いを発していった。

「和馬はどこからその写真を手に入れ、どうして代議士に届けさせたんやろう？　まさか実の親を脅迫したんか？」

「写真の入手先は、襟川は何も聞いていないそうだ。親に届けさせた理由もはっきりとは聞いてないらしいが、脅迫という感じではなかった、とは言っていた」

「脅迫やないんやったら……」

他にどんな可能性があるか、と考え始めた高梨に、納が先に襟川から聞いていた話を伝える。

「写真に手紙が添えてあったとは言っていた。襟川もてっきり金でもせびるんだろうと思っていたらしいが、からかい半分でそう言うと和馬は『ちがう』とはっきり否定したそうだ」

だからといって『脅迫ではない』とは言い切れないかもしれないが、と納はフォローを入れたあとに、ひとこと言葉を足した。

「『あんな親でも親だから』と呟いたそうだ」

「……どない意味なんやろ」

「わからん、だが、その言葉を聞いたときに、脅迫じゃないな、と思ったと襟川は言っていた」

高梨の呟きに答え、納は「それで」と話を続けた。

「和馬からは、必ず清島代議士本人に渡して欲しいと頼まれていたが、実際渡したのは第一秘書を名乗る牧田《まきた》という男だったそうだ。暫《しばら》く事務所で待たされたが、結局帰れと追い返されたらしい。そのときに何度も『写真はそれだけか』と確認されたと言っていた。また、金を渡されなかったので、本当に脅迫したわけじゃなかったのかと思ったとも言っていた」

「そうか……」

話を聞けば聞くほどに、和馬の行動の意味がわからなくなる、と高梨は納を見、納もまた同感だ、というように深く頷いた。

「襟川と和馬の付き合いは長いんか？」

「同じ高校の同級生だと。襟川はゲイでミトモの店の常連だそうだ。本人は銀座のクラブでバーテンをしている。一緒に旅行に行ったのは、半年ほど付き合っている男性だ」

「和馬はゲイか？」

「襟川は違うと言っていたよ。女の恋人もいないようだとも言ってたが」

「清島の親子関係については、なんぞ聞けたか？」

「ああ。和馬の口からは、家族の話はほとんど出ることがなかったそうだ。自分は高校の同級生だから、和馬の父親が清島代議士だと知っていたが、周りの人間は誰も知らなかったんじゃないかと言っていた」

「そうか……」

頷いた高梨に納は「お前からも話を聞くか？」と問うてきた。

「確かに、身の安全は確保してやりたいからな。どこかホテルでも取って彼には護衛をつけるつもりだ。そのうち落ち着くだろうから、そのあとに話を聞くことは……」

「サメちゃん、それなんやけどな」

納の言葉を高梨は申し訳なさそうに遮ると、犯人が自首してきたことと、捜査の打ち切りが濃厚であることを伝えた。

「なんだと!?　もう圧力がかかったっていうのかよ」

驚き呆《あき》れ、そして怒りを覚えている様子の納に高梨は「おそらく」と答えると、

「ただ」

と顔を上げ彼を見た。

「和馬殺害については送致せならんやろうけど、襟川君の部屋が荒らされた件については捜査を続けることができるかもしれん」

「下手するとそれも、私がやりました、と手を挙げる奴が出てくるかもしれないけどな」

顔を顰める納に「せやね」と高梨も頷くと、そうならぬよう、この件に関しては情報を広めず、ごく内々に捜査することにしよう、と言葉を足した。

「一応課長には報告するけど、他には漏らさんようにするわ」

「わかった。コッチも課長に報告に留め、俺と橋本で捜査する」

納と高梨は二人して、よし、と頷き合うと、互いに右手を出し握り合った。

「そしたらまた、連絡するわ」

「おう、コッチも何かわかったら連絡する」

握った手を振り合い別れた高梨は、そうだ、とポケットから携帯を出し雪下の番号を呼び出した。青柳と交わした約束を思い出したのである。

『はい、雪下』

2コールで出た雪下は、番号からかけてきたのが高梨とわかったようで、実に素っ気ない声を出した。

「高梨や。捜査状況を知らせるわ」

『そうか』

ごく当然のように雪下が答え、高梨が喋り始めるのを待つ。取引ゆえ当然なのだが、礼もなければ雑談もなしか、と高梨は肩を竦めると、犯人が自首してきたこと、それゆえ捜査は間もなく打ち切りになるであろうことを手短に伝えた。

『わかった』

話を聞き終わっても雪下の反応はあっさりしていた。

「そしたらまたな」

まるで感情のこもっていない彼の声に肩透かしを食わされたこともあり、また、すぐにも警視庁へと戻り課長に報告せねばと焦っていたこともあり、高梨も用件のみ話して雑談はせず電話を切りかけたのだが、そのとき彼の耳に雪下の淡々とした声が響いた。

『それでお前はいいのか？』

「…………」

一旦押しかけたＰＷＲボタンを離し、高梨が電話を握り直す。

「いいわけあるかい」

『だよな』

答えた彼に、雪下は尚も淡々とした口調でそれだけ言うと、高梨が口を開くより前に電話を切ってしまった。

「……好き勝手なこと、言いおって」

まったく、と溜め息をつきながらも、高梨は自分の頬が苦笑に緩んでいることを自覚していた。

たとえ圧力がかかろうとも、真実をねじ曲げたまま見過ごすことなどできようはずもない。清島和馬の死には裏があるはずだ、と拳を握ると、高梨は、その『裏』をいかにして探るかと早くも次の手を考えながら、やる気に溢れた足取りで歩き始めたのだった。


高梨の報告を聞いた金岡は、本件を上層部にも他の刑事にも伝えず、高梨が内密に調べるという彼の申し出を許諾した。

「自首してきた犯人は送致した。実行犯であることは間違いないからな」

止められなかった、と申し訳なさそうな顔になる金岡を「仕方ありません」と慰めると、高梨は竹中を呼び出し、皆には内緒で襟川の部屋を調べる、その手助けを求めた。

「任せてください」

自分が選ばれたことに、竹中は舞い上がっていたが、高梨がくれぐれも他には知らせるな、と念を押すと「わかってますがな」と胸を張った。

「情報漏洩の件は僕も気になってたんですよ。いやあ、そんな中、この捜査に僕を選んでくれたってことは、僕だけは信用できると思ってくれたってことですよね」

「わからへんで？　この情報が他所《よそ》に漏れたら、犯人はお前や、言うことにもなるしなあ」

竹中のやる気に水を差そうとしたわけではないが、あまり舞い上がられても困る、と高梨がわざとふざけて彼を脅す。

「カンベンしてくださいよ」

竹中にも高梨の意図が伝わったのか、苦笑いして頭をかくと、

「それで、何をしたらいいんですか」

と声を潜めて問いかけてきた。

「サメちゃんたちと合流して、襟川のアパートの周辺の聞き込みを頼むわ。僕は清島和馬の周辺を洗うさかい」

「わかりました。すぐ行きます」

元気よく飛び出していく竹中のあとに高梨も続き、外へと出ようとしたのだが、その彼の背を金岡の当惑した声が呼び止めた。

「高梨、武内検事から電話だ」

「武内検事が？」

なんだろうと思いながら、高梨は受話器を取り上げ保留を解除した。

「はい、高梨です」

『武内です。昨日の事件、早くも送致だそうで、このたびはお疲れ様でした』

今日の武内の声は、昨日と比べてやや穏やかになっていた。それでも硬さを感じさせるその声に高梨は「ありがとうございます」と答えると、用件は何かと尋ねようとしたのだが、察したらしい武内から電話の用事を喋り始めた。

『事件も解決したことですし、一度ゆっくり話をしたいのですが、ご都合はいかがでしょう』

「……ああ……」

身構えていることがありありと感じられるその申し出は、おそらく自分の性癖を正したいとか、そういった話をする気なのだろうと高梨は察した。

望むところ——どころか、自分からぶつかりたいと思っていた彼だったが、今、まだ事件は解決してはいない。

「申し訳ありませんが、まだやることがありまして」

電話に向かって高梨がそう言うと、武内は一瞬息を呑んだあとに『そうですか』と素っ気ない相槌を打った。

「すべて片付きましたら、こちらから誘いたいんやけど」

話を拒絶しているわけではないと伝えたくて言い足した高梨に、武内はまた一瞬息を呑んだが、

『その頃には私が多忙かもしれません』

硬い声でそう言うと、『それでは』と電話を切った。

「武内検事、なんだって？」

傍《そば》で心配そうに電話を聞いていた金岡が、問いかけてくる。

「事件のことではありませんでした」

苦笑し答えた高梨に、金岡は「ああ」と納得した声を上げ、しみじみと彼を見やった。

「お前もいろいろ、大変だなあ」

「それほどでもないですわ」

たしかに『大変』と言われる立場かもしれないが、それを案じてくれる上司がおり、同僚がおり、友人が、そして家族がいる。なのに『大変』などと言えばバチが当たる、と高梨は笑うと「そしたら、いってきますわ」と元気な声を上げ、部屋を駆け出していった。

その夜、竹中より報告を受けた高梨は、襟川の部屋を荒らしたのはどうやら白竜会と思わ

れるという情報を得た。

「白竜会か」

「裏付けは取れていません。十中八、九、間違いないとのことでしたが」

明日も聞き込みを続けます、という彼を労い帰したあと、高梨は納に連絡を入れ、二人連れだってミトモの店へと向かった。

「あら、いらっしゃい」

深夜すぎに店は混み出すといつもミトモは言っているが、今夜も店内はミトモ以外無人だった。

「相変わらず閑古鳥が鳴いてんなあ」

悪態をつく納をミトモは「うるさいわね」と睨むと、打って変わって愛想のいい顔を高梨へと向けてきた。

「いろいろとわかったわよ」

「ほんまですか?」

思わず声が弾んでしまった高梨に「任せてよう」とミトモは胸を張ってみせたあと、

「何にする?」

と彼に注文を聞いてきた。

「仕事中、なんて言わないでよ?」

「わかりました。そしたらウーロン茶で」

苦笑し注文を口にした高梨の前で、ミトモが「いけずねえ」と肩を竦める。

「高梨さんがお酒飲んで乱れるトコ、見てみたぁい」

「ミトモ、いい加減にしろ。それより何がわかったのか、説明しろよ」

シナをつくるミトモに横から納が突っ込みを入れる。ミトモは「ほんとにうるさいわねえ」とぶつぶつ言いながらもカウンターから身を乗り出し、声を潜めて喋り始めた。

「高梨さんから頼まれた、清島代議士の三男の殺人事件、アレはもう、犯人自首で送致されたのよね？」

「さすが、情報が早いですな」

高梨が感心した声を上げたのに「まあね」とミトモは笑うと、

「色々聞いて回ったんだけど、清島代議士の三男が暴力団構成員になってるとは、ほとんどの人間が知らなかったわ。よっぽど何か大きな力が働いていたか、または三男本人がひた隠しにしていたか、どっちかはわからないけど」

そこまで言い、残念ながら『エリカ』についてはわからなかった、と結んだ。

「女性関係がまったく出てこなかったのよね」

「かんにん。エリカはわかりました。女やなかったんです」

高梨は申し訳なく思いつつ、『エリカ』が襟川という男であり、ミトモが納の名を告げたその彼だということを説明した。

「いや～、なんか凄い偶然ねえ」

ミトモは襟川の名字を知らなかったため、『エリカ＝襟川』ということを少しも思いつかなかった、と相当悔しがった。

「偶然言うか必然言うか、ほんま驚きました」

高梨が頷くのに「ほんとよね」とミトモも頷くと、改めて彼へと身を乗り出し、更なる情報を与え始めた。

「それから白竜会のシャブ取引、金の出所はわかったわ。柳本《やなぎもと》建設ですって」

「大手やけど、同族会社で上場はしてへん建設会社ですな」

なるほど、と頷いた高梨にミトモが「よくご存じねえ」とハート形の目を向ける。

「ミトモ」

「わかってるって」

途端に納がコホン、と咳払いをする、と、ミトモはいやそうな顔で納を見やり、ぼそりと恐ろしいことを呟いた。

「なんだかあんた、ヤキモチやいてるみたいよ」

「頼むからそれだけは言うな」

ぎょっとした顔になった納を面白がり、ミトモがにやにや笑いながら尚も彼をからかってくる。

「なんだ、やっぱ妬《や》いてたのね。でもごめんなさぁい、私、ちょーがつくほど面食いなのよねえ」

「だからよせって言ってんだろ？」

「サメちゃんかて、充分ミトモさんの審美眼にかなう男やと僕は思うで」

高梨までもが面白がってからかってきたのを納は「お前なあっ」と怒鳴りつけると、

「で、それ以外にわかったことは？　まさかそれだけっていうんじゃねえだろうな」

と話を仕事に戻そうとミトモに詰め寄った。

「これだけでも充分な情報だと思うけどね」

ミトモは肩を竦めてみせたあとに、「あるわよ」とにやりと笑った。

「なんだよ」

「その柳本建設と、清島代議士が繫がってるのよねえ」

「なんやて⁉」

「本当か、ミトモ⁉」

まさかここで清島の名が出るとは、と、高梨と納が揃《そろ》って驚きの声を上げる。

「これもまあ、偶然であり、必然でもあるわよね」

ミトモはまた、にやりと笑うと、両者間の繫がりの詳細を教えてくれた。

「柳本社長が清島代議士の、大学の先輩なのよ。清島代議士って苦労人らしくて、生活支えてあげたのがオーナー社長を父に持つ柳本徳一《とくいち》だったんですって。清島代議士の人柄に惚《ほ》れ込んだそうで、政治家として大成していくのに、随分と金もつぎ込んでたらしいという噂よ」

「……なるほど。その柳本社長が今度はシャブ取引に目覚めた、いうわけですか」

「ゼネコンにとっては今は苦しい時代だからじゃないかしら。ただ、このシャブ取引のほうには清島代議士は関与していないようよ」

「そうですか……」

ミトモの話を聞いた高梨は俯《うつむ》き少し考え込んでいたが、やがて顔を上げると、うっとりとそんな彼を見つめていたミトモへと視線を向けた。

「柳本社長の写真、持ってへんやろか」

「え？」

戸惑いの声を上げたミトモだが、すぐに「あるわ」と頷くと、ちょっと待ってて、と店の奥へと消えた。

「高梨、どうして柳本の写真なんか……」

まったく話が見えない、と納が高梨に問いかける。

「ただの勘なんやけど、もしかしたらまた必然になるんやないかな、思うてな」

高梨が納にとって意味不明の回答をしたとき、「あったわ」とミトモが店の奥から戻ってきた。

「この雑誌にインタビューが載ってたわ」

半年ほど前の経済誌を差し出してきた彼に高梨は「おおきに」と礼を言い、少しの間貸してほしい、と頼んだ。

「いいわ、そんな古雑誌。あげるわよ」

「助かりますわ」

またも、おおきに、と礼を言うと高梨は、情報の料金を尋ね、それより一万円多い額をミトモに手渡した。

「やだ、気を遣わなくていいのよ」

「いや、ほんま、助かりましたんで」

おおきに、と頭を下げる高梨にミトモは「ありがと」と礼を言うと、横で二人の様子を眺めていた納をじろり、と睨んだ。

「ごらんなさいな。誰かさんと違って、なんてスマートなお支払いなんでしょう」

新宿サメも見習ったら、と悪態をつくミトモに「うるせえ」と納が嚙みつく。

「いつも法外な飲み代、払ってやってるじゃねえか」

「いやあねえ、まるでここがぼったくりバーみたいじゃない」

「違うのかよ」

「まあまあ」

言い争いを始めたミトモと納の間に、高梨は割って入ると、

「おいくらです？」

今日飲んだ分の支払いをする、と彼に問いかけた。

「今日はいいわ。ウーロン茶しか飲んでないし」

「ウーロン茶が一番高いんじゃなかったのかよ」

尚も悪態をつく納をミトモが「うるさいわよ」と睨む。

「そしたら、ごちそうさまでした」

いがみ合う——勿論双方本気ではなく、じゃれ合っているだけだと高梨は理解していたが
——二人を引き剝がし、高梨は納に「行くで」と告げると、

「どこへだよ？」

慌ててあとを追ってきた彼と共に、ミトモの店を出た。


「高梨、これからまだどこかへ行くつもりか？」

タクシーを捕まえるべく、大通りを目指して歩く高梨の背に、納が声をかける。

「ああ」

「どこへ？」

同じようにミトモの話を聞いていたにもかかわらず、高梨が思いついたことが自分には少しもわからない。これが能力の差ということか、と内心落ち込んでいた納は、高梨がくるりと振り返り告げた言葉に驚きの声を上げた。

「襟川君に話を聞きたい、思うんやけど、まだ無理やろか」

「襟川君に？　何をだ？」

問い返した納は、高梨が手に持っていた雑誌を掲げてみせたのにようやく意図を理解し「あ」と声を上げた。

「せや。写真に写ってたんは、柳本やないかと思うてな」

「確かにあり得るな……」

清島の顔は広く知れ渡っていたが、企業のトップとはいえ柳本の顔を知る人間は業界外にはそういない。襟川が知らなくても無理はないと思ったのだろうと頷く納に高梨はまた、「まあ、半分当てずっぽうやけどね」

少し照れたように笑うと「急ごか」と足を速めた。

納らが襟川に用意したのは、新宿西口にあるＫホテルだった。ビジネスホテルだと食事に困るゆえ、ルームサービスのとれるホテルで、かつ、セキュリティがしっかりしており、そして、値段があまり高くない場所、という条件をクリアしたのがこのホテルで、襟川の部屋の前には常時警護の人間がいた。

「あ、サメさん」

ちょうどその警護の当番に当たっていた橋本が、エレベーターから降り立った納と高梨の姿を認め、廊下を駆け寄ってくる。

「どうだ？　少しは落ち着いたか？」

「ええ、もう泣いてはいませんが、落ち込んでるのはかわらないですねえ」

可哀想《かわいそう》に、と眉を顰める橋本に高梨が「話、聞けるやろうか」と問いかける。

「それは大丈夫だと思いますよ」

さっきも普通に話しましたし、という橋本に高梨は礼を言うと、襟川の部屋のドアをノックした。

「襟川さん。昼間お会いした警視庁の高梨です。ちょっとでええんやけど、お話聞かせてもらえへんやろか」

部屋の中に高梨が呼びかけると、数秒後にかちゃ、とドアチェーンが外れる音がし、ゆっくりと扉が開いていった。

「こんばんは」

ドアの隙間からこわごわ外を見やる襟川と目を合わせ、高梨がにっこりと微笑みかける。

「あ……」

と、蒼白《そうはく》だった襟川の頬に血が上り、瞳が潤んできた。その様を高梨の横で見ていた納は、心の中でなんと罪作りな男だと思い、密かに溜め息をつく。

「部屋、入れてもらえへんかな？」

「あ、どうぞ……」

笑顔のまま高梨が襟川に問いかけると、襟川は慌てた様子でドアを開き、高梨とそして納を中へと招き入れた。

「夕食は？　ちゃんと食べましたか？」

「はい……あ、いえ……なんだか食欲がなくて……」

「あかんよ。食事はちゃんととらな、身体こわすで？」

「ありがとうございます」

高梨にしてみれば、相手の緊張を解《ほぐ》すというくらいの気持ちしかないのだろうが、襟川はすっかり舞い上がっているようである。ゲイ相手にそう魅力的な笑顔を振りまくのはどうなのだ、とあとで意見してやろう、などと納が考えていることを知る由もない高梨は、襟川をソファへと導くと、そこに座らせ、自分も正面に腰を下ろした。

「どやろ？　少しは落ち着いたかな？」

黒い瞳をにっこりと笑みに細め、高梨が顔を覗き込む。

「あ、はい……」

襟川は高梨の笑顔に見惚《みと》れそうになっていたが、横からその様子をじっと眺めている納の視線を感じたようで、バツの悪そうな顔になり、小さく頷いてみせた。

「そしたら申し訳ないんやけど、ちょっと見てもらいたい写真があるんや」

高梨が襟川を気遣いながら、手にしていた雑誌を捲《めく》って当該のページを開く。

「……あ……」

高梨が『この人なんやけど』と問いかけるより前に、高梨の手元を覗き込んでいた襟川が、大きな声を上げた。

「襟川君、もしかして……」

問いかける高梨の声が心なしか弾んでいる。

「はい、間違いありません。写真に――清島代議士と写真に写ってたのはこの人です」

きっぱりと言い切った襟川を前に、高梨の顔には笑みが浮かび、一瞬視線を納へと向けたのだったが、すぐに、喜んでいる場合ではないと我に返ったようで、雑誌を広げたまま彼は襟川へと質問を始めた。

「写真の男は柳本建設の柳本社長や。この人と清島代議士が金のやりとりをしとる、いうような写真やったんやね？」

「はい、その写真と、ネガでした」

「ネガ？」

こくりと首を縦に振った襟川の言葉を、高梨が反復する。

「ええ、写真とネガと、あと、手紙が入ってました。封がしてなかったから、和馬に渡されたときになにげなく中、覗いたんです。すぐに和馬に『見るなよ』と怒られたんですが、映っていたのが和馬の父親だったから、つい、『なにこれ？』って聞いたんです。そしたら……」

その問いに和馬が答えた言葉が、『あんな親でも親だからな』というものだった、と襟川は話すと、じっと柳本社長の写真を見つめ口を閉ざした。

「和馬君とは、高校の同級生やったっけ？」

黙り込んだ彼に口を開かせようと、高梨が穏やかな口調で問いかける。

「はい」

「どこの高校やった？」

「T学園です……」

襟川は名門といわれる学校の名を告げたあと、暫く言葉を探すようにしてまた黙り込んだ。

「ええ学校やね」

再び口を開かせようと、高梨が話を振る。

「……まあ、そうなんでしょうね。学力は置いといても、有名人の息子娘は沢山いました。家柄がいいとか、金持ちとか、あと、芸能人の娘とか……僕はしがないサラリーマンの子供だったから、そういった生徒たちとあまり交流はなかったけど」

どうやら高校時代の思い出は襟川にとっては苦々しいもののようである、と高梨は判断し、話題を和馬へと振った。

「その高校で、清島和馬君と会ったんやったね。和馬君いうんは、どういう子やったのかな？」

「……どういうって……」

襟川が言い淀んだのは、学生時代の和馬が問題児だったためだということは、すぐに高梨と納に知れることになった。

「なんていうか、荒れてました。一年の途中から学校にも来なくなったし……」

死んだ人間を悪く言いたくなかったのか、襟川がぼそぼそとそう言い、項垂《うなだ》れる。

「学生時代は、仲、よかったんですか？」

高梨が問うと襟川は「……うん……そうですね」と少し考える素振りをし、ぽつぽつ答えてくれた。

「学生時代はそうでもなかったと思います。三年くらい前に偶然新宿で会って、そのときお互いに飲んだ帰りだったから、すごいハイテンションになってて、勢いで一緒に飲みにいったんです。それから、ケー番やらメルアドやら交換して、たまに会うようになって……」

たまに、というよりは頻繁に会っていたかも、と襟川は続け、和馬を思い出したのか泣きそうな顔になった。

「その頃はもう、和馬君は白竜会に入ってたんやろか」

労ってやりたいが、話を先に進めねばならない。申し訳ないと思いつつ、襟川に問いかけた高梨に向かい、襟川は「はい」としっかりと頷いた。

「留学してることになってるんだって笑ってました。あと、親子の縁を切ったという話も聞きました。切った、というよりも『切られた』のかもしれないけれど……」

手切れ金を貰ったと言っていたから、という襟川の言葉に、高梨は「そうか」と頷くと、新たな問いを発した。

「写真入りの封筒を和馬君に託されたときのことを、詳しく話して貰えるかな」

「……はい……」

襟川が頷き、またもぽつぽつと話を始める。

「至急会いたいっていう連絡が、一昨日の夕方携帯に入ったんです。僕、次の日から友人と旅行に出かける予定だったので、本当は断りたかったんですけど、和馬に頼み込まれて仕方なく彼のアパートを訪ねたんです」

渋々アパートへと向かうと、和馬は有無を言わせず封筒を襟川に押しつけ、今から清島代議士の事務所に届けてほしい、と頼んできたという。

「絶対に本人に渡してくれ、と言われました。あまり必死なんでやっぱり断れなくて……」

「そのとき、封筒の中を見たんやね？」

「はい」

「そして、親を脅迫するわけやない、という言葉を和馬君から聞いた」

「……はい」

「襟川君から見た和馬君は、どんな人やったんですか」

ここで高梨が問いを変えたのは、和馬の人となりを知ることで、『脅迫ではない』という言葉の信憑性がどれほどあるのかを確かめたかったためだった。

「…………」

襟川は暫くの間、どう言おうかと考えている様子だったが、俯いたままぽつりと言葉を発した。

「……世間的にはわからないけど、僕にとってはいい奴でした……僕が今、友達と呼べるのは和馬しかいないし、和馬も多分、僕しか友達がいなかったんだと思います」

ここで襟川はふと顔を上げると、高梨を、そして納を見て、また顔を伏せ、ぼそぼそと言葉を続けた。

「だからきっと、僕には嘘をついてないと思います」

「すみません、そないつもりで聞いたわけやないんです」

襟川は高梨の質問の意図を敏感に感じ取っていたようだった。慌てて詫びた高梨に彼は「いえ」と首を横に振ると、また顔を上げ、高梨を見つめながら話を続けた。

「……僕はゲイで、和馬はヤクザで……二人とも、世間の人が眉を顰める存在です。でもそれだけに……お互いそのことを日頃思い知らされているだけに、僕たちの間には、嘘や誤魔化しはなかったと思います。高校時代、彼とはほとんど交流はなかったけど、今の彼との付き合いは、なんていうか、まるで学生時代の友達関係そのものでした。ギブもテイクもない、見返りとかも期待しないし、損得勘定もない。純粋……なんて自分で言うと、なんだか恥ずかしいですが、本当に僕にとって彼は……いい友達……だったと……」

思います、と言おうとした襟川の声が涙に詰まる。うう、と両手に顔を埋め泣き崩れた彼の肩を高梨は優しく叩き、涙が収まるのを待った。

「……失礼しました……」

ようやく落ち着いたのを確認し、高梨は襟川に丁寧に礼を言ったあと、何か思い出したことがあれば何時でもいいので連絡してほしい、と自分の名刺に携帯の番号を書いて渡した。

「大切な友達亡くされてショックやろうけど、どうか元気出してください」

「……ありがとうございます……」

心のこもった高梨の言葉に、襟川はまたはらはらと涙を零したが、高梨と納を見送るときには頑張って笑顔を作っていた。

　ホテルの車寄せでタクシーを拾わず、二人は駅までの道を歩きながら、襟川から得た証言について話し合った。

「なんでガイシャは写真を父親の事務所に届けさせたんだろう？　脅迫以外に理由が思いつかないが」

　唸る納の横で高梨が「おそらく」と呟く。

「なんだよ」

「……脅迫の逆、やったんやないかと思う」

「逆？　どういうことだ？」

　高梨の呟きを聞き、納が、わけがわからず問い返す。

「おそらく、やけどね」

　戻ってから話すわ、と何かを摑んだらしい高梨は納の背をバシッと強く叩くと「行くで」と駆け足になり、納は慌てて彼のあとを追ったのだった。

8

捜査一課では、金岡課長以外の刑事は、宿直者以外すべて帰宅していた。高梨は課長と納と共に会議室へとこもると、そこで自分が組み立てた推論を話し始めた。

「和馬が父親の事務所に写真を届けに行ったんは、脅迫やのうて、白竜会が父親を脅迫しようとした、そのネタになる写真を渡したかったんやないかと思います」

「なんだと!? どういうことだ?」

金岡が、そして納が身を乗り出すと、高梨は「確証はありませんが」と前置きをし、話を続けた。

「白竜会は柳本建設から金を引き出し、大規模な覚醒剤取引を始めようとしていた。それに清島代議士を巻き込もうとしたんやないでしょうか。清島代議士が警察に影響力があるということは、今回の事件で証明されていますし、この先覚醒剤取引を円滑に行うために抱き込んでおいて損はない、思うたんやないかと」

「抱き込むために、柳本建設社長との金のやりとりの証拠写真で脅迫しようとした……ということか?」

納の問いに高梨は「ああ」と頷き、話を続けた。

「白竜会のチンピラだった和馬は、そのことを知って父親を守ろうとしたんやないでしょうか。それで脅迫のネタとなった写真とネガを組から盗み出した」

「そうか、それで組の人間に追われ、結局は殺されてしまった、と……」

なるほど、と金岡が唸る。

「証拠はありません。ですが矛盾もないと思います。一度清島代議士に話を聞きに行こうと思うのですが」

「そりゃ……どうだろうな」

高梨の言葉を、納が複雑な顔で遮った。

「サメちゃん？」

「上からの圧力がかかんだろうって話だ」

何がどうなのだ、と問い返した高梨に、納が顔を顰めつつ答える。

「確かにそれはあるだろうな」

金岡も頷いたが、高梨は二人に頷きはしなかった。

「明日、アポなしで事務所に行ってみようと思っています」

きっぱりとそう言うと、「高梨!?」「おい」とそれぞれに声を上げた金岡と納、二人をかわるがわるに見やり口を開いた。

「課長は知らなかったことにしてください。あくまでもこれは僕一人の判断、僕一人の先走りの結果や、いうことにしていただけたら、思うてます」

「何言ってんだ、俺も行くぜ」

納が憤慨した声を上げるその横で、金岡は高梨をじっと見つめていたが、やがて小さく息を吐くと手を伸ばし、彼の肩をぽんと叩いた。

「舐めてもらっちゃ困る。お前は部下の動向を知らない上司というレッテルを俺に貼らせるつもりか？」

「……課長……」

高梨の呼びかけに金岡はにっと笑うと、再び彼の肩を叩いた。

「俺だって盾くらいにはなれる。安心して明日行って来い」

「……ありがとうございます」

金岡に、そして納に頭を下げる高梨に、二人の明るい声が飛ぶ。

「礼を言うようなことじゃないだろう」

「そうだぜ、高梨。水くせえなあ、まったく」

肩を叩き、背中を小突く彼らの手を受け止める高梨の胸に、熱い想いが込み上げてくる。

全幅の信頼を寄せてくれる彼らに報いるためにも、必ず真相を突き止めてやる、と高梨は決意も新たに己が拳を握りしめ、明日の清島代議士訪問で如何《いか》に話を聞き出すかを考え始めた。

翌朝、高梨は納と連れ立ち、西新宿にある清島代議士の事務所を訪れた。受付で警察手帳を見せ、代議士にお目にかかりたいというと、受付嬢は慌てて奥へと引っ込んでいき、すぐに代議士の第一秘書を名乗る牧田《まきた》という男が応対に出てきた。

「どうぞこちらへ」

牧田は二人を応接室に通したあと、改めて用件を聞いてきた。

「代議士ご本人にお伺いしたいことがあるのです」

きっぱりと言い切った高梨に、牧田はあからさまに不快そうな顔になると、それでも代議士に取り次ぐとは言わず、喋り始めた。

「ご用件が先日亡くなったご子息のことでしたら、先生は何もお話しすることはありません。どうぞお引き取りください」

取り付く島もないほど、きっぱりと言い切った彼の言葉を受け、今度は高梨がきっぱりと言い放つ。

「別件です。お取り次ぎを」

「それではアポイントメントをお取りください。先生はご多忙でいらっしゃいます」

「急を要する話なのです。今、いらっしゃるのでしたらお取り次ぎをお願いします」

「どうしても話を聞きたいと仰《おっしゃ》るのでしたら、それ相応のお手続きを取られてからいらっしゃってください。話を聞きたいというのは任意ということですよね？　任意の聞き込みを拒絶する権利はあるはずです。さあ、お引き取りください」

「お会いできるまで帰る気はありません」

丁寧な語調ではあったが、かなりきつい内容を秘書は口にしているというのに、高梨は一歩も退くことなく彼と渡り合っていた。

「あなたのこの訪問を、上司の方はご存じなんですか？」

牧田が嫌味な口調で問うてくる。清島代議士は警視庁の上層部に顔が利く、というアピールだとわかったが、高梨には最初から臆《おく》する気はなかった。

「それではこう、先生にお伝えいただけますか？　先生と柳本社長の写真とネガの件で、少少お話を伺いたいと」

臆する気はないが、上司である金岡を巻き込むのは申し訳ない、と高梨もまた、切り札を出すことにした。

「……意味がわかりませんな」

それまで冷静沈着であることこの上なかった牧田の顔色がさっと変わり、声が上擦る。

「あなたに心当たりがなくとも、先生には心当たりがあるやもしれません。襟川という青年が先生にお届けした写真です、ということもお伝えください」

堂々と言い切った高梨を前に、牧田は額に滲む汗を拭《ぬぐ》いながら逡巡《しゅんじゅん》していたが、やがて、

「お待ちください」

小さくそう言うと立ち上がり、部屋を出ていった。

「出てくるかな」

ドアが閉まったと同時に、納が高梨に囁いてくる。

「わからん。シラを切り通されるかもしれんし、警視庁のお偉方に連絡が行き、連れ戻されるかもしれん」

「まあ、覚悟の上だがな」

高梨の囁きに納が笑って頷いたそのとき、ドアがノックされ、女性が茶を盆に載せてやってきた。

無言で茶を出し彼女が立ち去ったあと、更に十五分が経《た》っても、部屋には誰も現れない。

「どうしたのかね」

茶も飲み干してしまった納が高梨に心配そうに問いかける。

「これは下手したら、警視庁に連絡が行っとるんかもな」

高梨は答え、その『連絡』の盾となってくれているであろう金岡を思った。

それから更に二十分待たされた後、ようやく部屋のドアがノックされたかと思うと、顔色

の悪い牧田が入ってきた。

「先生に伺ったところ、まるで心当たりはないとのことでしたが、そのような誤解をされたままではいたくないと仰り、五分だけお会いになるとのことです」

「……そうですか」

いつまで経っても警察が動かぬことに根負けしたか、と高梨は密かに拳を握りしめ、同じく拳を握りしめている納と目を見交わした。

「今、いらっしゃいます」

牧田がまた引っ込み、それから高梨と納は更に十分待たされたあと、ドアがノックされ、牧田を従えた清島代議士が部屋へとやってきたのだった。

「清島だ」

「はじめまして。警視庁捜査一課の高梨です」

「新宿西署の納です」

メディアによく登場する、いかにも大物政治家といったオーラを放っている清島は、高梨と納が名乗っても欠片《かけら》ほどの興味も示さなかった。

「用件を聞いたが、酷い言いがかりだ。一体何を証拠にそんな作り話をするんだ？」

納が名乗り終わるのを待たず、先にソファへと座ると憮然《ぶぜん》とした表情でそう言い、じろりと二人を睨む。『証拠』の写真とネガは既に処分してある、という事実が彼に安堵を与えているのだろうと思いつつ、高梨は口を開いた。

「まずは息子さんのご逝去、心よりお悔やみ申し上げます」

高梨の発言が予想外だったためだろう、清島はうっと言葉に詰まったが、すぐに吐き捨てるようにこう言った。

「既に親子の縁は切ってある。私とは無関係だ」

冷たい言い様に高梨は一瞬、怒りとやりきれなさを覚えたが、感情に流されている場合ではないと思い直し言葉を続けた。

「その息子さんの友人の襟川君から話を聞いたのです。息子さんが――和馬さんがあなたに、写真とネガを届けさせたという話を」

「そんな写真は知らないと言っているだろう。話を聞きたいというのなら、その写真とネガを持ってきなさい」

わかったな、と清島が立ち上がろうとする。彼の動きを制するべく、高梨もまた腰を浮かせ、大きな声を上げた。

「その写真であなたは、白竜会から脅迫を受けていた。柳本社長との裏金のやりとりをネタに、白竜会はあなたを覚醒剤取引に取り込もうとしたのでしょう？」

「いい加減にしろ！　名誉毀損《めいよきそん》で訴えるぞ」

怒りも露わに清島が高梨を怒鳴り、部屋を出ていこうとする。その腕を高梨は思わず摑み、彼を引き留めようとした。

「離せ！」

「警察を！」

清島が高梨の手を振り解き、背後で牧田が大声を上げる。手を出した——といっても腕を摑んだだけだが——のは不味《まず》かった、と思いながら高梨は「待ってください」と凜《りん》とした声を張り上げた。

「訴えるなら訴えてもらってかまいません。ただ、私はこれだけは言いたい。あの写真とネガをなぜ息子さんがあなたの許《もと》に届けたのか、あなたはその理由を理解していますか？」

「牧田、すぐ警察に連絡を」

「はい」

清島は高梨の言葉に聞く耳を持たず、牧田に指示するとそのまま部屋を出ようとする。彼の足を止めるにはこれしかない、と高梨は再び清島の腕を摑み、彼の前へと回り込んだ。

「高梨！」

納が慌てた声を上げ、高梨の横に立つ。

「離さんか！」

怒声を張り上げる清島の肩を高梨は摑むと、「ええですか？」と真剣な声で訴えかけた。

「息子さんは——和馬君はあなたが自分の組に脅迫されているのを知り、あなたを守ろうとしたんやないかと思います。だから写真とネガを盗み出してあなたに届けた。もう脅迫に屈することはないと知らせるためにです。写真とネガを盗み出したことが知れ、和馬君は白竜会に殺された。なのにあなたは、和馬君殺害を闇に葬ろうとする。何故です？　あなたを守るために息子さんは亡くならはったんですよ？」

「一つでも証拠があるのか！　いいから離せ！」

清島が高梨の手を振り払い、彼を睨む。

「お前は和馬を知ってるのか？　あいつが私を守ろうとしただのなんだの、わかったようなことを並べ立てているが、証拠は一つもないんだろう」

「写真と一緒に手紙が入ってたんでしょう？　手紙になんて書いてありました。僕が今、言うたことが書いてあったんやないですか」

怒声を張り上げる清島につられ、高梨の声も高くなる。その声をかき消すほど高く清島がまた声を張り上げた。

「書いてあったことが本当だと、なぜ言える？　お前はあいつの何を知ってるっていうんだ!?」

「先生！」

「高梨！」

清島の言葉に、牧田が、続いて納が反応し、彼を見る。

「……っ」

彼らの視線で清島は、自分が口を滑らせたことを察し、はっとした顔になった。

「やっぱり手紙は届いてはったんですね」

高梨が清島の肩を摑み、身体を揺さぶる。

「知らん！　私は何も知らん！」

必死でその手を振り払おうとする清島の肩を尚も強い力で摑むと、高梨は自分から目を逸らす彼の顔を覗き込み、必死で訴えかけた。

「なぜ、信じてやらんかったんですか。息子さんは襟川君に『あんな親でも親だからな』と言うてたそうです。彼は間違いなくあなたを救おうとしていた。それをなぜ、信じてやらんかったんですか」

「君、いい加減にしなさい！　誰か！　誰か！」

牧田が高梨に縋《すが》り付き、清島から腕を離させようとする。が力及ばないのがわかると大声を張り上げたものだから、室内にわらわらと若い男たちが入ってきた。

「すぐに彼らをつまみ出すんだ！」

厳しい声で命じた牧田の指示に、事務員らしい若い男たちは一瞬戸惑ったように顔を見合わせたが、

「離せ！」

と叫ぶ清島の声にはっとなり、慌てて高梨へと駆け寄ってきた。

「息子さんはあなたが白竜会に取り込まれんよう、命をかけたんです。なのになぜあなたは、その白竜会の手を借りて息子さんの事件を闇に葬ろうとしはるんですか」

「やめなさい！」

「手を離しなさい！」

いくら高梨といえども、若者五、六人に囲まれては抵抗もかなわず、清島代議士から引き剝がされてしまった。

「清島さん、目を覚ましてください！　和馬君の気持ち、わかってやってください！　白竜会の脅迫や甘言に屈してはいけません！　和馬君がなぜ死んだか、彼の気持ちを考えてやってください！」

それでも叫び続ける高梨を、若者たちが部屋の外へと引き摺っていく。

「高梨！」

納も慌ててそのあとを追ったが、部屋を出るときに振り返った彼の目に映る清島代議士の顔は蒼白で、わなわなと唇を震わせていた。

「歩けますさかい」

部屋を出されると高梨は、自分の両腕を捕らえていた男たちに穏やかな口調で話しかけ、手を離すよう促した。

「……あ……」

断れない雰囲気があったせいか、若者たちは顔を見合わせ、高梨の身体を離す。

「失礼しました」

そんな彼らを振り返り、高梨は深く頭を下げると、「行こう」と納を促し出口へと向かっていった。

「自分が何をしたか、わかってるのか！」

背後で秘書の牧田が張り上げる怒声が響く。

「すぐさま然るべきところに連絡する！　覚悟するんだな！」

牧田にも高梨は振り返って会釈すると、「高梨」と心配そうに声をかけた納の背を促し外に出た。

「お前、大丈夫かよ」

覆面パトカーに乗り込みながら、納が高梨の顔を覗き込む。

「あかんやろ」

はは、と高梨は笑うと、肩を竦めた。

「あかんて、お前なあ」

「我慢できへんかった。我ながら青い、思うわ」

苦笑する高梨の言いたいことは、納にもよくわかっていた。

息子が命をかけて父を守ろうとしたというのに、父にはその思いが伝わっていない。親子の間にどのような確執があったか、他人には知る由もないが、それでも息子の胸にあった真実を高梨は、父親である清島代議士に伝えたいと思い、それで激昂したに違いなかった。

「……青くていいじゃねえか」

ハンドルから手を離し、納が高梨の肩を叩く。

「サメちゃん」

と、そのとき高梨がぽつりと納の名を呼び、肩に置かれた彼の手を握りしめた。

「なんだよ、気持ち悪ぃな」

手を引き抜き、悪態をついた納の耳に、高梨の穏やかな声が響く。

「僕がクビになったら、あとは頼むな」

「……高梨……」

納は既に覚悟を決めている様子の友の横顔を、思わず食い入るように眺めてしまったのだが、そんな彼にその友は――高梨は、さばさばとした顔で笑うと、

「ほら、前見な。危ないで」

普段どおりの口調でそう笑い、納の肩を叩き返したのだった。

警視庁に戻る頃には処分も出ているに違いないと思っていた高梨だったが、自分と納を迎えたのが武内検事だったことには驚きに目を見開いた。

「先輩、一体どういうことです⁉」

詰め寄ってきた武内は、相当興奮しているらしく自ら封印したはずの『先輩』という呼称で高梨の腕を摑んできた。

「武内こそ、なんでここに？」

戸惑いの声を上げた高梨に、事情を説明したのは金岡課長だった。

「ウチの上層部にも清島代議士の事務所から苦情がきたが、東京地検にもきたんだそうだ」

「そうでしたか……」

高梨はまず金岡に「ご迷惑をおかけしまして」と頭を下げると、続いて武内へと向き直り、「申し訳ない」と頭を下げた。

「何を考えているんです？　相手は清島代議士ですよ？　送致もすんでいるというのに、一体何を聞きに行ったというんです。課長はこの件、把握していたんですか？」

きつい口調、きつい眼差《まなざ》しで高梨を問い詰める武内に、金岡が「勿論」と答える、その声を高梨は遮った。

「いいえ、本件、すべて私の独断です。処分を受けるようなことがあれば、私一人が責を負います」

「高梨！」

「先輩！」

金岡が、そして武内が叫ぶ中、高梨は再び二人に向かい深く頭を下げると、

「本当に申し訳ありませんでした」

それ以上は何も言わせぬというように、大きな声で詫び、顔を上げた。

「サメちゃんにも……いや、納刑事にも頼んだのですが、課長、あとのことはよろしくお願いします」

「高梨……」

「それから武内検事」

呆然とした顔で名を呼んだ金岡に頷いたあと、高梨は武内へと視線を戻し、静かな声で続けた。

「清島代議士は、柳本建設との癒着をネタに白竜会に脅迫され、覚醒剤取引に手を染めようとしている疑いがある。それを揉《も》み消されんようにな」

「なんですって!?　一体、どういうことなのです」

勢い込んで尋ねる武内に高梨は、今回の事件についての己の見解を順序立てて説明した。

「……しかし、証拠は何もない……」

話を聞き終えた武内が、沈痛な面持ちでぽつりと呟く。

「ああ。ない」

「証拠の一つもないのに、あなたって人は……」

頷いた高梨に武内は憤った声を上げたが、高梨が「せやね」と苦笑すると拳を握りしめ、顔を背けた。

「今日はこれで失礼させてもろて、よろしいでしょうか」

そんな二人の様子を、やりきれない表情で見ていた金岡に、高梨が笑顔を向ける。

「ああ、勿論いいが……」

金岡は頷いたあと、はっとした顔になった。

「まさか、お前……」

「一応辞表は用意せなと思いまして。始末書はなんべんも書いたことがありますが、辞表は書き方がわからへんさかい、ちょっと勉強しますわ」

おどけてみせる高梨に、金岡が、そして武内が、納が歩み寄る。

「そしたら、失礼します」

そんな彼らにぺこりと頭を下げ、高梨が踵を返す。

「送るわ」

覆面で、と納が言い、高梨に駆け寄っていったが「ええて」と高梨は笑顔で断った。

「ちょっと一人で考えたいんや」

「……そうか……」

高梨の言葉に、納が複雑な顔で頷く。二人の様子を見守る金岡と武内の顔にも、やりきれないとでも言いたげな表情が浮かんでいた。

一人署を出ると高梨は、タクシーを捕まえ「東高円寺」と行き先を告げたあと、内ポケットから携帯を取り出し、アドレス帳から番号を呼び出した。

『ごろちゃん』

登録してあるこの名を見る度に田宮は、携帯を落として誰かに拾われでもしたら、恥ずかしいじゃないかと高梨を睨む。それなら『嫁さん』にしよか、というと『馬鹿じゃないか』と悪態をつく。可愛いな、とその顔を想像していた高梨の胸に、微《かす》かな痛みが走った。

後先を考えぬ行動を取ったことに対して、後悔はない。が、もしも自分が退職を余儀なくされた場合、田宮が胸を痛めるだろうと思うと、やりきれない気持ちになった。

家族を持つ同僚や上司が、勢いに任せた行動を慎むようになる、その気持ちが今は痛いほどにわかるな、と高梨は苦笑すると、先に事情を説明しようと田宮の番号を押しかけたのだが、直接会って話すか、と考えを改め、再び携帯をポケットへとしまった。

田宮はなんと言うだろう——まずは自分の身を案じてくれるだろうとは想像がつくが、その先がわかるようでわからない。曲がったことの嫌いな彼だから、高梨の行動をわかってくれるとは思うが、職を失うことに関してはどういうリアクションを見せるだろう、と高梨はあれこれと想像してみたが、やがて間もなく正解が出るじゃないか、と無駄な己の行為に気づき、考えるのをやめた。

後悔はない。それだけだ、と小さく呟き、車窓の風景を見やる。

見慣れた夜の街並みを眺めながら、この『見慣れた』風景も今宵限りかもしれない、と考える。センチメンタルなことこの上ない自身の思考に高梨はまたも苦笑すると、あとは頭を空っぽにし、ただ窓の外を流れる街灯のオレンジ色の光を見つめ続けた。


東高円寺の田宮のアパートの前で車を降りた高梨は、部屋に灯《あか》りがついていることに気づき、外からじっとその灯りを見上げた。

灯りを見ながら頭の中で田宮に話すことを組み立てる。考えがまとまると高梨は、よし、と一人頷き、外付けの階段を上っていった。

ドアチャイムを鳴らすと、数秒で駆け寄ってくる足音が響き、すぐにドアが開かれた。

「おかえり」

「ただいま」

笑顔で高梨を出迎えた田宮はスーツの上着を脱いだだけの服装で、彼もまた帰宅して間もないのだろうと思いながら高梨は、「おかえりのちゅう」で田宮の唇を塞《ふさ》いだ。

「メシは？」

食った？　と、唇を離した途端、田宮が問いかけてくる。

「メシより前に、ごろちゃんに話があるんやけど」

「話？」

また？　と田宮は目を見開いたが、高梨の表情から尋常ではない雰囲気を感じ取ったらしい。わかった、と素直に頷くと、先に立ってダイニングのテーブルへと向かった。

「何か飲むか？」

椅子に座る前に問いかけてきた田宮に高梨は、「せやね」と一瞬考え、ビールを、と告げた。

「俺も飲もうかな」

冷蔵庫から買い置きのスーパードライの缶を二つ取り出してきた田宮が、高梨の前と自分の前、それぞれにその缶を置く。

「乾杯」

ぷしゅ、と二人ほぼ同時にプルトップを上げ、缶をぶつけあったあと、またも二人同時に一気に中身を呷《あお》る。

「…………」

はあ、と小さく息を吐いた高梨の前で、田宮もまた、はあ、と小さく息を吐き、高梨に向かい笑いかけてくる。どんな『話』であろうと受け止めるから、と言いたげなその顔を見たその瞬間、高梨の口から言葉が零れ落ちた。

「かんにん……もしかしたら、クビになるかもしれん」

「え？」

目の前の田宮の瞳が驚愕《きょうがく》に見開かれる。しまった、順序立てて説明するつもりだったのに、と高梨は慌てて言葉を足そうとしたのだが、彼が口を開くより前に田宮はにっこりと笑い、大きく頷いてみせた。

「俺に謝ることなんかない。良平の信じるとおりの道を進めばいいよ」

「……ごろちゃん……」

一切の説明を聞くことなく、全幅の信頼を寄せてくれている田宮を前に、高梨の胸に熱い想いが込み上げてくる。

「どんな道を選ぼうとも、俺は良平についていくから」

言いながら田宮がビールの缶を離し、その手を伸ばして高梨の手を握りしめる。

「……おおきに……」

礼を言う高梨の声が掠れてしまったのは、胸に迫る感激が表れてしまったからだった。

「礼を言うようなことじゃないだろ」

田宮が尚も強い力で、高梨の手を握りしめる。

「……ほんま、ありがとな」

それでも礼を言った高梨の前で、田宮は苦笑するように笑うと、大丈夫だ、というように大きく頷いてみせた。

「愛してるよ」

高梨もまた田宮の手を握り返し、熱く囁く。

「俺も。愛してる」

うん、とまた大きく頷いた田宮の手を、更に強い力で握りしめながら、高梨は己の身体にこれでもかというほどの勇気と活力が漲《みなぎ》ってくるのを感じ、その活力のもととなった田宮に向かって、一筋の悩みもない晴れやかな笑顔を向けたのだった。


翌朝、高梨は前夜したためた辞表を胸に、警視庁へと向かった。

「おう、高梨」

早朝だというのに、何か感じるところがあったのか、捜査一課の人間のほとんどがすでに

来ており、高梨を迎える中、金岡課長が疲弊しきった顔で高梨に声をかけた。

「課長」

金岡を追い込んだのは、自分の行動にあると思うと、高梨の胸は痛んだ。責任を負うなどと言い出さないといいのだが、と思いつつ、高梨が金岡へと歩み寄りスーツの内ポケットに仕舞った辞表を取り出そうとしたそのとき、

「失礼します」

高らかな声と共にノックもなしにドアが開いたかと思うと、息を切らせた武内検事が登場し、皆の注意を攫《さら》った。

「武内検事、どうなさったんです？」

驚き呼びかけた金岡を、そして彼の傍にいた高梨を順番に見やったあと、息を整え、武内が口を開く。

「……今朝、特捜から連絡がありました。以前より内偵中だった清島代議士と柳本建設の贈収賄事件、清島代議士が自首をしてきたそうです」

「なんですって⁉」

室内がざわめく中、一際大きな声を上げたのは高梨だった。

「清島代議士が自首？」

「はい、特捜も寝耳に水と驚いています。清島代議士は柳本建設との癒着を暴力団に脅迫さ

れるようになり、それで自首を決意した、と本人が言っているそうです」

「高梨、これは……」

室内の人間が揃って呆然と武内の話を聞いている。金岡課長もまた呆然としながら高梨を見、高梨もまた、信じがたいと目を見開きつつ金岡を見返したあとに視線を武内へと向けた。

「……自首か……」

「はい。すぐに柳本社長が逮捕され、脅迫してきた白竜会にも捜査の手が回っています」

厳しい顔、凛々しい声でそう言い、頷いてみせた武内が、ふっと表情を和らげ高梨を見る。

「先輩の誠意が通じたんでしょう」

「……武内……」

微笑み、右手を差し出してきた『後輩』に、高梨もまた微笑み、目の前に出された手をしっかりと握り返す。

「こうなると昨日送致された清島和馬殺害の件も、差し戻させてもらいます。みなさん、真相解明に向け、尽力してください」

高梨の手から己の手を引き抜くと、武内はまた、一段と厳しい声を出し、室内の刑事たちを見渡した。

「任せてください」

「ほら、行くぞ！」

刑事たちもまた張り切った声で答え、気が早い者は早くも部屋を飛び出していく。

「それでは私はこれで」

その様子を目で追っていた高梨の耳に、武内の声が響いた。

「ほんま、ありがとう」

清島代議士の自首を聞いたその足で知らせにきてくれたらしい武内に向かい、高梨は胸に溢れる感謝の思いそのままに深く頭を下げた。

「そんな、頭を上げてください」

武内が慌てた声を上げ、高梨の腕を摑む。

「武内」

「……頭を下げるべきは僕のほうです。失礼の数々、大変申し訳ありませんでした」

そうして高梨に頭を上げさせたあと、武内は先ほどの高梨同様、深く、それは深く高梨に頭を下げ、今度は高梨を慌てさせた。

「ええて。別に気にしてへんし」

高梨もまた武内の腕を摑み、顔を上げさせようとする。

「……思いは複雑ではありますが、先輩は先輩だと……僕の尊敬してやまない先輩であることにかわりはないと、今回の件でわかりました」

考え考え、武内はそこまで言うと、改めて高梨をじっと見つめたあと再び深く頭を下げた。

「本当に申し訳ありませんでした」

「謝ることあらへんて。これからよろしく頼むな」

高梨が笑顔で武内の背をバシッと叩く。

「こちらこそ……といいたいところですが、先輩だからといって温情を加える気はありませんよ」

痛いな、と武内が顔を顰めながらもそう言い、にや、と笑う。

「ほんまお前も、変わってへんな」

そんな武内の背を高梨はバシッとまた叩くと、かつての先輩後輩は揃ってそれは楽しげな笑い声を上げた。

武内が東京地検へと戻ったあと、高梨は雪下の携帯に連絡を入れた。

『自首だってな』

雪下は高梨が名乗るより前にそう言うと、「ああ」と頷いた高梨に向かい、いきなり話を続けた。

『清島代議士はさるルートから、特捜の内偵がかなり進んでいると知らされたんだそうだ。逃げ切れないと観念したんだろう、と言われている』

「なんや、そないなことがあったんか」

なるほど、と感心した声を上げた高梨の耳に、雪下の、相変わらず淡々とした声が響く。

『まあ、そんなリークがなくとも、清島代議士は自首したと、俺は思うがな』

「それは……」

どういう意味だ、と高梨が問いかけようとしたときには、既に電話は切られていた。

「……雪下……」

清島代議士の自首は、リークが原因ではないと――高梨の身を挺しての激白が通じたのだと、雪下は伝えてくれようとしたのかもしれない、と高梨は考え、それは少し自分に甘すぎるか、と苦笑する。

「せや」

そうして高梨は再び携帯を開くと、おそらく誰より自分を案じてくれているに違いない相手に――愛する田宮に状況を知らせねばと、彼の番号を呼び出しかけ始めた。

『良平？』

「あ、ごろちゃん？　今、ええか？」

応対に出た田宮の声を聞くだけで、自分の胸が熱く滾《たぎ》るのがわかる。

『どうした？』

心配そうに問いかけてくる彼を、すぐにも安心させてやろうと高梨は、胸に溢れる熱い想いそのものの熱い口調で、己の、そして田宮の信じた『道』が誤ってなどいなかったということを伝え始めた。

エピローグ

秘書の牧田が渡してきた封筒の中には、数日前に白竜会の幹部に見せられた脅迫のネタの写真とネガ、それに一枚の紙片が入っていた。

この封筒を届けたのは、和馬の友人を名乗る男だという。

白竜会の名を聞いたとき、一番に頭に浮かんだのは和馬のことだった。かつて興信所を使い彼の行方を調べさせた際、白竜会の構成員に名を連ねたという報告を受けていたからだ。

親子の縁はその時点で切り、金も渡した。血縁関係を誰にも喋るな、と釘も刺した。

『誰が言うかよ』

悪態をつき、ペッと床に唾《つば》を吐いた和馬を見て、わずかばかり抱いていた肉親の情は消え失《う》せた。面倒だけは起こしてくれるな、心の底からそれだけを祈った。

そう、和馬が生きようがのたれ死んでいようが、私には関係ない。ただ、迷惑だけはかけてくれるなと思っていたにもかかわらず、献金をネタに脅してくるとは、と怒りにまかせ、開いた紙片には、短い手紙が書かれていた。

『親父へ。

白竜会の脅迫の写真とネガだ。写真はそこにあるのがすべてで、他に焼き増した分はない。

安心してくれ。

和馬』

何が『安心してくれ』だ、と紙片を破る。グレて学校にも行かなくなり、留学にでも出そうとすると、家出をして行方をくらました、そんな息子の言うことに『安心』などできるわけがないだろう、と憤るままにまた紙片を裂き、ゴミ箱に放った。

『息苦しいんだよ』

親父の存在が、と吐き捨てるように言った和馬の顔が、一瞬頭に過《よ》ぎる。

二度と顔を見せるなとかつて私に言われたから自分が来た、と和馬の友人を名乗る男は秘書に言ったのだそうだ。そういうところだけ律儀なのがまた腹立たしい、と今度は封筒から取り出した写真を破り、灰皿に放った。

ネガも取り出し同じく灰皿に入れると、早く処分してしまおうとライターで火をつける。

高く立ち上る炎の向こうに、また一瞬、和馬の顔が浮かんだ。

もう十年は会っていない。今、彼はどんな顔をしているのだろうという考えも浮かんだが、炎が小さくなるにつれその思いもしぼんでいった。

既に縁を切った息子だ。その上、親を脅迫しようとしている奴だ。どんな顔をしていようが関係ないじゃないか、と、灰になった写真をその辺にあったペン先で崩す私の頭に、十年前、和馬と別れたときの映像が浮かぶ。

『縁が切れてせいせいするぜ』

最初から最後まで悪態をついていた和馬は、別れ際にも悪態をついた。

『くたばんなよ』

聞くのも不快だ、と顔を背けた目の端に、微かに彼の顔が過ぎった、その顔はなぜか酷く、傷ついているように見えた。

『くたばんなよ』

耳に蘇《よみがえ》るその声は、ドスを利かせた、いかにもチンピラめいたものだった。わが息子が情けない、と憤るあまり別れしなに見た顔の印象は殆《ほとん》ど残っていなかったのに、なぜ、今それを思い出すのか――。

『親父へ』

再び彼の手紙を読もうとして、既に破り捨ててしまったことに気付き、ゴミ箱を見る。細かく裂いた紙片を取り出そうとしたが、馬鹿馬鹿しさに気付いてやめた。

どうせ今度は、奴が脅迫者になるに決まっているのだ。なんとか手を打たねば、と秘書を呼ぶ。

『くたばんなよ』

そのときなぜかまた耳にドスを利かせた和馬の声が蘇ったが、不快でしかないその声を頭を振って追い出すと、

「お呼びでしょうか」

とドアから顔を出した秘書の牧田に向かい、私は今後の対策を相談するため至急柳本に電話するよう指示を出した。

あとがき

　はじめまして＆こんにちは。愁堂れなです。このたびは九冊目のルチル文庫、そして『罪シリーズ』第九弾となりました（あ、ダブルで九ですね！）『罪な後悔』をお手に取ってくださり、本当にどうもありがとうございました。

　今回はオール書き下ろしの新作です。関西弁の敏腕警視にして、ときどき（いや、常に？）エロオヤジ入ってしまう良平と、健気な頑張りやごろちゃんのお話も、皆様のおかげで第九弾を迎えることができました。本当にどうもありがとうございます！

　今回は良平の後輩、武内検事が初登場となりました。二時間サスペンス調の事件を、そして良平とごろちゃんの揺るぎない愛情を、皆様に少しでも楽しんでいただけましたら、これほど嬉しいことはありません。

　今回も陸裕千景子先生には、大変お世話になりました！　いつもいつも本当に、たくさんの幸せをどうもありがとうございます！　表紙のごろちゃんの包容力溢れる表情に、胸が熱くなりました。次作も頑張りますので、どうぞよろしくお願い申し上げます。

　また担当のO様にも大変お世話になりました。いつも本当にどうもありがとうございます。これからもどうぞよろしくお願い申し上げます。

最後に何よりこの本をお手に取ってくださいました皆様に、心より御礼申し上げます。一年ぶりのオール書き下ろし、いかがでしたでしょうか。皆様に少しでも楽しんでいただけているといいなとお祈りしています。よろしかったらご感想をお聞かせくださいね。

今回再登場となった、良平の昔馴染み、雪下が勤務する謎の？『青柳探偵事務所』につきましては追々シリーズ内で秘密を明かしていきたいと思っています。

『罪シリーズ』の新作は来年、ご発行いただける予定です。次は記念すべきシリーズ十冊目なので、何かスペシャルなものが書けるといいなと、今から楽しく考えています。よろしかったらどうぞお手に取ってみてくださいね。

来月十二月は『オカルト探偵』の二冊目『オカルト探偵・悪魔の誘惑』を、来年一月には『unison』シリーズ第四弾をご発行いただける予定です。こちらもどうぞよろしくお願い申し上げます。

また皆様にお目にかかれますことを、切にお祈りしています。

平成二十年十月吉日

愁堂れな

（公式サイト「シャインズ」http://www.r-shuhdoh.com/）

✦初出　罪な後悔……………書き下ろし

愁堂れな先生、陸裕千景子先生へのお便り、本作品に関するご意見、ご感想などは
〒151-0051 東京都渋谷区千駄ヶ谷4-9-7
幻冬舎コミックス　ルチル文庫「罪な後悔」係まで。

幻冬舎ルチル文庫

罪な後悔

2008年11月20日　第1刷発行
2012年11月20日　第2刷発行

✦著者　愁堂れな　しゅうどう れな

✦発行人　伊藤嘉彦

✦発行元　株式会社 幻冬舎コミックス
〒151-0051 東京都渋谷区千駄ヶ谷4-9-7
電話 03(5411)6432[編集]

✦発売元　株式会社 幻冬舎
〒151-0051 東京都渋谷区千駄ヶ谷4-9-7
電話 03(5411)6222[営業]
振替 00120-8-767643

✦印刷・製本所　中央精版印刷株式会社

✦検印廃止

ISBN978-4-344-81503-2　C0193　Printed in Japan